ある楽匠の生涯

木村伸夫

鳥影社

ある楽匠の生涯　目次

第一章　囲われた神童

1

第一章　囲われた神童

昨夜から吹いている風はいっこうに収まらない。

穏やかなひとときを過ごせたかと思うと、ときには雨粒は窓を大きくたたきつけ、水の滴りとなって流れ落ちる。烈しく雨戸にあたった音は恐怖感さえも植えつける。いつ止むのか、不安感が増してくる。今年は特にこのような気候が多いように思われる。何年かに一度の現象だという。

鐘の音がしじまを破る。そして、静寂。

少し離れたところにある古びた寺の鐘の音は、毎日、決まった時刻にその音色を響かせる。人びとはこの音を聴いてある種の安心感を抱いてもいる。同じ寺から出される鐘なのに、毎日違った響きを聴かせてくれる。鐘をついている人は誰だろう。まだ若い小僧さんだろうか。どんな思いでついているのか、義務感だろうか。それとも、鐘の音にのせて、心にある何ものかを届けようとしているのだろうか。

今響いているこの鐘の音は、若い夫婦にとって〝祝いの音〟に聞こえてくる。明るく、あるときは澄んだその音色は、ゆるやかで荘重だ。

大きな雨が滝のように窓にあたるたびに母親の晶子は不安顔になる。わずか一週間前に生まれた新しい生命《いのち》を祝うという意味でも晴れやかな日であってほしいと願うとともに、これからの人生に思いを馳せることにもなった。

赤子は、一日のすべてを託している布団の上に寝かされている。布団の柔らかさ、暖かさは、まるで凪の大海原のように赤子を享けとめている。この世に生を受けてまだ何色にも染まっていない〝タブラ・ラサ〟（白紙）の人世、これからさまざまな〝色〟を吸収していくことだろう。いったい、どのような色が待ち受けているのか、両親にはわからない。

ほとんどの時間目を閉じているが、あけているときは、定まらない眼の動きから光を追い求めている様《さま》がうかがえる。どのような光を求めているのだろう……。やがて、すやすやとなにごともなかったかのように、夢み心地の平穏な世界に導かれていく。ときおりむずかったり、泣いたり、また口をむにゃむにゃして母親の乳房を求めている様子が察せられる。自分の欲求を理解してほしいと訴えているようでさえもある。外に響く風雨の音をどのように聞いているのだろうか。母親はいっときもそこから離れず、じっと見守っている。この小さな赤子を守る最も近しい存在として。しばしの眠りから覚めると、ときには泣き、空腹だったのか、母親の乳房にむしゃぶりつき、生命のエネルギーをもらっている。そして、さも満ち足りた表情をして安らかになる。やがて満たされるや再び眠りにつく。そこにはこのうえなき充実感がある。深い眠りは日々の成長へと連なっていく。

子どもが泣き止まないとき、新米の母親は困り果てる。しばしばどうすればいいのかわからなくなる。小さい子どもの扱いにはまだ慣れていない様子が手に取るようだ。戸惑いは隠せず、未熟な母親そのものだ。そっと抱き上げ、ほおずりする。小さく体を揺り動かし、あるいはしっかりと抱き寄せ、みずからの体温を伝え、柔和なまなざしを注いでいる。母親の体温を感じたとき、子どもは安心する。抱きしめる表情には、我が子を胸のなかに埋めるようにして、この世で一番大事なもの、この宝物を誰にも渡したくない、という気持ちがひしひしと表れている。この赤子の生涯にはどんな苦しみや悲しみが待っているのか、想像するゆとりはない。ただひたすらこの子の日々の成長を願うことに神経が注がれている。

中條百吉が帰ってきた。彼は父親である。帰宅するや一目散に子どもをあやしながら、まだ外の冷気にならされた手で頰をなで、晶子に叱られる。あわてて手をこすり合わせた。うす暗い室のなかで子どもはハッと目を開き、キョロキョロと左右を見て目の前に来た新しい人は誰？　と不安げな様子で時にはにっこりとし、それがまた可愛さを増している。

百吉はヴァイオリン奏者として日々活動している。子どもが生まれてからというもの、外にいてもふとしたとき、今ごろどうしているだろう、と気にかかることがある。休憩時には赤子の泣き方をヴァイオリンで真似てみたりしてニヤッとする。家に帰っても子どもはほとんど寝ているが、時たま目を覚まし、にこっとするとなんともいえない小さき生命《いのち》への慈しみと喜びをかみしめている。演奏が終わってほっとしたとき、赤ん坊の寝顔が目に浮かぶことがある。生活の中に喜びをもたらせてくれている子どもである。

大正時代、日本にもようやくオーケストラといえるものができてまだ日の浅い頃、団員は貴重な存在であり、百吉はヴァイオリン奏者として日々努力している。東京以外、オーケストラと胸を張って言えるものはまだなかったが、ごく限られた地方ではそれらしきものは芽生えていた。数少ない団員たちは、日本に西洋音楽という新しいものを根付かせようと、没入状態ともいえるほどの邁進ぶりである。百吉はいつか楽師長（当時はコンサートマスターのことをこのように言っていた）になるのを夢み、この息子には将来は必ずヴァイオリン奏者にさせようと心に決めていた。

近所に住んでいる祖父 貞次郎は、西洋音楽が入ってきてまだ萌芽期といえる時代に、西洋音楽の教育を受けることができた。彼の父は陸軍の軍楽隊で吹奏楽をやっており、儀礼曲、行進曲などの演奏に精を出していた。その父はもういない。父の影響を受けたのか、貞次郎もいつしか音楽の道に進んだ。ピアノが日本に移入されて間がない時期ではあったが、数少ない先達者の演奏する曲や音色に即座に魅了されてしまったのであった。練習は何ものよりも優先して集中し、一心不乱に打ち込んでいった。その様子は何かに取りつかれたようでもあった。周りの人たちからは終生、ピアノに携わっていくものと思われたが、ある時期、心の迷いともいうべきものがあった。その内実は近くにいる者でも推し測ることができない。大きなスランプと精神的空洞に悩み、ある日を境に志半ばで断念してしまった。しかし、ピアノから遠のいても、ピアノに対する情熱は心の隅に残っていた。いつの日かまた……、の思いは拭いきれなかった。

あのころからずいぶんと歳月は流れている。息子はヴァイオリンの道に進み、今はピアノへの想いを孫にかなえさせようとしているのだった。かつて貞次郎が若かった頃、そう、息子の百吉が生まれたとき、大きな望みを赤ん坊に託した。この子をピアノの演奏家にするんだ、と。何ごとも親の思うようにはいかないもの、いくつかの曲折を経てヴァイオリンの方へ行ってしまった。ヴァイオリンをさせるにあたっても、経済的負担は相当大きくのしかかった。音色に魅せられた外国のヴァイオリンを購入するために親は土地を売って工面したこともあった。子どもに贅沢をさせられるほどの財力のあることを知った親戚や近所の人たちからは妬みさえももたれた。ヴァイオリンとはいかなるものか、彼らには何もわからなかった。そのころ、学校で『唱歌』は知っていても、一般的に『音楽』という言葉はまだ定着していなかった時代。なにしろ楽器を買い、良い先生の下で能力を伸ばしていくためには勤め人の年収の何倍もかかるのだから。自分のできなかったこと、息子では実現しなかったこと、いま、それを孫に託そうとしている。

晶子は裕福な家庭に育った。

明治の世の中、男性でも高等教育機関へ進むものはごく少ない時代、ましてや女性を地方から東京へ、東京音楽学校（後の東京藝術大学・音楽学部）へ進ませるなど、近隣でも大きな話題になった。親戚や親たちは若い娘をひとり東京へ出すにあたり、大いに不安を抱いた。東京音楽学校は官立の高等教育機関として唯一、当時から男女共学であった。そのため世の識者たちは風紀上の問題を憂えた。事実、新聞紙上で音楽学校の男女間の風紀問題について、いくつかの記事を見ることもあった。そこに通う良家に育った女子学生の羽織はかま姿は注目を浴びたものだった。街ゆく人びとは振り返った。幼少のころから習い続けてきたピアノ、晶子の強い意志に折れ、親は寄宿舎に入れることでやっと東京行きを許した。舎監と連絡を取り合ったことはいうまでもない。

入学後の約一週間、母親は旅館に泊まって娘の生活基盤を整え、舎監には「心遣い」を託して帰った。財閥の系譜をひく実家からの仕送りが滞ることはなく、学生時代はピアノに明け暮れる生活ができた。親は娘の日常生活が気が気でならなかった。新聞などで、女学生の東京での生活ぶりが時として誇張して伝えられることもあり、それでまた不安となった。かつての同級生たちからは羨望の的となった。しかし、表面的には「がんばって」と声をかけながら、腹のうちではなんであの人がと、妬みが昂じて晶子の家に火をつけることさえ企てられた。計画は未遂に終わったのだが、この企みは伏せられ、晶子は苦労を知らず、天衣無縫に過ごすことができた。おかげでピアノ以外のことはまるで無頓着でもあった。いわば世間知らず。生まれたときには家に女中が二人いて、身のまわりはすべて彼女たちがしてくれていたことにもよる。朝起きてから寝るまで「お嬢さま」と呼ばれ幼少期を過ごした。そのためか、大きくなっても身のまわりのことはほとんどできない。店で物を買うことにも戸惑うことが多い。このような生活は世の中のどこの家庭もそうなのだと、いつしか思うようになった。このようにして身についた習性は大きくなってからも変わることはなかった。それにもまして在学中に見聞きした音楽会のプログラムには、女性の出演者名は姓名ではなく、「〇〇令嬢」あるいは「〇〇夫人」と記されていることに、はじめは驚いた。しかし、いつしかそれが当たり前と思うようになった。他の女子学生も同様だろう。

卒業すると直ちに帰省するものとばかりに思っていた親は、娘から、これからもピアノを続けたいとの希望を聞いて驚いた。もちろん反対したが、娘は東京にいる伯父を巻き込むことに成功して、伯父夫婦が面倒を見るということになり、東京に残ってさらにピアノの道を歩んでいた。しかし、郷里の父親は女の幸せは結婚して子供を産むことにあるとの持論から、早くに結婚させようと奔走し、卒業後一年余りにして結婚させられたのである。世の親が娘たちにするのと同じように。

父親は郷里に帰らせたことを結果的に喜んだ。というのも、晶子に子どもが生まれる少し前に《関東大震災》があり、壊滅的な損害を被ったからである。伯父夫婦のうち、夫は死に、妻は重傷を負った。その事実を見ると、あのまま東京におればもしかして晶子も、とつい思ってしまう。運が悪ければ命を落としていたかもしれない。新聞報道を見るたびに安堵し、自らの判断が正しかったことを確かめるのであった。あのとき、娘はもう少し東京にいたいと、すぐに帰ることを承知しなかった。最後はなかば強制的に連れ戻したのだった。人の運命というものは、いつどこでどうなるのか、一寸先は、本当にはかり難いものである。

赤ん坊は気持ちよく眠っている。

晶子の妊娠がわかったころから、父、母、祖父はそれぞれに自身の愛する楽器に向かわせようと、思いを巡らせていた。晶子は当然ながらピアノの道へ、夫の百吉はヴァイオリンに興味をもたせようと思った。晶子は妊娠初期の不安定な時期がすむと、いかにしてこのお腹の子をピアニストに育てていくか、思案を巡らせた。まだ〝胎教〟という言葉のなかった時代、時間をみつけてはピアノでやさしい曲を弾きながら歌を唄い、聴かせ、お腹をなで、あたかも旋律やリズムを我が子の心に沁みこませようとしているかのようであった。そこには、母親になるのだ、というしあわせ感にあふれている。我が子を身ごもっている母親の強みでもあろうか。やがて月日が経ち、胎児の動きが伝わるようになると、ますますそれは昂じてくる。起きている時間はほとんど音楽漬け状態となっている。ときにはド、レ、ミ……と鍵盤を押さえ、胎児に音楽を教えるかのようでもあった。日々大きくなっていくお腹をさすりながら教える姿は、まさに母親としての幸せと喜びに満ちている。

やがて誕生した男の子は、『真男《まさお》』と名付けられ、親の子どもに対する期待は膨らんだ。この子はヴァイオリン奏者に、いや、ピアニストにさせるんだ、と三人はそれぞれの願いを膨らませ、晶子は夫や義父の想いを牽制するかのごとくである。

西洋音楽の楽器のうちでも代表的といえるピアノとヴァイオリンに囲まれ、新しくこの世に生を受けた子どもにとって、両親ともにそのような素養をもっていることは運命的なものがあるのかもしれない。中條家の長男として期待をもって生まれた真男は両親の大きな期待をもって人生を送ることだろう。

やがて一歳、真男は立ち上がるようになった。晶子は、ピアノの前に座ると真男を膝の上に載せ、小さい手を動かしながら、ド、レ、ミ……と指で教え、「肩たたき」や「金魚の昼寝」など、童謡を聴かせている。気分の良い時はにこにこ顔で聴いているが、少し時間が経つとコックリ寝入ってしまう。ときには涎《よだれ》を鍵盤の上にたらしたりして。このころは起きている時間はまだ短い。目を覚ましている時間を利用しながらの練習である。ピアノ以外に赤ん坊が手に触れるものはほとんどなかった。子どもの使う食器はピアノの鍵盤を描いたものを特注で作らせ、知り合いの大工に鍵盤模様の木のおもちゃを作らせるなど、手のいれようは尋常ではない。それほどまでにピアノを教えることへの執着心は並大抵ではなかった。それには子どもへの指導権を祖父に取られまいとする、母としての必死な想いがあったのかもしれない。何しろ祖父は孫にいつになったらピアノを教えられるようになるか、頭の片隅では、幼い孫がピアノの前に座り弾いている姿を夢見たりしている。ときには嫁と舅との目に見えない葛藤があったかもしれない。

二歳になった頃、祖父は三日にあげず孫の顔を見にやってくる。決まって昼寝から起きた頃を狙っている。目覚ましの意味もあるのか、二人手をつないで出ていく。祖父はなにか話をしたくてたまらなかった。真男も好きな祖父からの話を聞きたがった。家へ来るたびにだっこや肩車をしてもらえることを期待している。一歩外へ出るといろいろなものがある。外の様子を、まだ見ぬ景色に興味をもたせるように話してくれた。孫に対して深い愛情を抱いていた。ある日の夕方、木陰で休んでいるうちに、祖父は良い気持ちになって木にもたれて眠ってしまった。真男はいたずら心を起こし、鼻の穴に細い枝を入れ、こっぴどく怒られた。悪戯は歳にあわず、大人びた子どものようでもあった。こんなこともあってふたりは仲良くなった。

子どもの成長は早い。両親も祖父も、将来この子には音楽で大成してほしいという気持ちが日に日に増している。子どもが生まれたときから、家では〝ピアノ派〟と〝ヴァイオリン派〟とで目に見えぬ相克があった。そのためか、家にはおよそ子ども用のごく普通のおもちゃといえるものはなく、いかにして興味をもたせようかと、ピアノとヴァイオリンに関係するものばかりであった。晶子は真男の涎掛けやエプロンの模様をピアノの鍵盤模様で作って着せている。はたから聞こえてくるものはこの二つの楽器の音ばかり。遊びの場でも音楽と離れることはない。真男は世間でいう子どもの普通のおもちゃというものを知らずに育った。

三歳になるころから、祖父は以前にもまして頻繁に孫の顔を見に押しかけ、独り占めするようになった。寝ているると起きるまで待っている始末。起きてしばらくすると、膝の上に載せてピアノの練習をさせることがまるで日課のようになった。親以上の熱の入れようである。この様子を見て面白くないのは晶子、それまで教えてきたことが否定されるような場面もあった。しかし直截的にいうと「角」がたつのがわかっているため、とても嫁としては言えなかった。

百吉は、家にいる時はヴァイオリン好きにさせようとこれまた思いをめぐらせている。何としても将来はヴァイオリニストにさせようと必死なのだから。子ども用のヴァイオリンをもたせ、どうしたらヴァイオリンの音を出せるか、時をみはからっては練習させるのだが、いつまで経っても〝のこぎりの音〟から抜け切れない。思い余って夕食後などに楽しい曲などを弾いてヴァイオリンの音色をわからせようと努力もした。やがて子どもは二つの楽器に対し、好きなものがはっきりするようになってきた。いつまでもギーコギーコとしか出ないヴァイオリンの音に嫌気を感じたのだろう。一方ピアノは、練習をはじめさせた頃はただ一本指で弾くだけであったが、叩いては出る音を聴いてにっこりとして喜ぶ顔をするのであった。祖父はそのような顔がうれしかった。だんだんと熱心に教えるようになり、それがまるで〝生きがい〟のようでもあった。小さい手でド、レ、ミ、ファ、……、と弾くと手をたたいて喜んでやる。

「この白いのや黒いのをいろいろ叩くと、歌ができるんだよ」

子どもにとって、まだ〝歌〟とはどういうものかわからないのだが、音の楽しさをわかってくれたようで嬉しい。

貞次郎は童謡や唱歌のいくつかを弾いて聴かせる。「お正月」、「汽車」、「さくら　さくら」などだ。真男は顔をくしゃくしゃにして手をたたいて喜びを表している。孫の喜ぶことは何でもしてあげたいおじいちゃんだ。

ピアノを離れても、他の家庭とは様相を異にしていた。子どもの楽しみである遊ぶことはほとんど許されないばかりか、隣近所の子どもたちと戯れることもできない。音楽以外には目を向けさせず、大人三人の気の向くままとなり、子どもらしい遊びに熱中することもできない。これではいびつな子どもになることは避けられない。三人はこれが歪んでいると気づかないようだ。外でのびのびと遊ぶ姿はみられない。近所の大人たちは外で見かけない様子に、きっと不審に感じたに違いない。

世の親たちがするであろう日常生活での〝躾け〟についてはまったく野放図で、他の家でははやくから躾けていることをしないばかりか、箸で食べ物を口に運ぶことすら大人が手伝い、靴を履くときにも必要以上に手を出し、朝の洗顔なども大人が手を焼いてくれる。まるで良家のお坊ちゃま扱いである。過保護は度を越している。

生まれながらにして両親と祖父の音楽に対する過大ともいえる期待を背負った真男は、くる日もくる日もピアノの練習に明け暮れ、ときには音楽を離れてごく普通の遊びをしたいという、子ども心にも不満の気持ちが積もり積もって、しだいに厳しい練習に耐えきれなくなってきた。長時間の練習に耐えかね、疲れるとあくびを連発し、「もういや、ピアノ、嫌い」、と涙ながらに駄々をこねた。祖父は黙っていない。叱咤は飛び、容赦なく練習は続けられる。祖父の教えようとすることができるまで、椅子から降りることは許されない。少しの時間も子ども本来の〝遊ぶこと〟は何もできないことに、泣くことで抗議し、苦しみを表現しているようでもあった。祖父は孫の気持ちなどまるで忖度しなかった。祖父の頭のなかには、真男のピアノのことしかないようだ。今となっては、〝生きがい〟ともなっている。

「やるんだ、何度でも、できるまで何度でも……」

三歳の子どもは泣き叫んだ。祖父の恐ろしい顔を見て、涙を流しながら、恐るおそる練習を再開した。晶子が様子を見かねておやつを差し出した。

「さ、おやつを食べて一服しなさい」

祖父はそれが気にいらない。晶子を睨みつけるような眼をして、

「だめだ、できてないじゃないか。まだやれてないじゃないか。できてからだ」

時には手が飛ぶこともある。

真男はしぶしぶ鍵盤に手をのせ、わざと間違うように弾いた。涙を流しながらの抗議だ。祖父は間違いをすぐさま見抜いている。わざとしたことを。終わってから鍵盤に落とされた涙のシミを拭くのは晶子の役目であった。目を潤ませながら。

叱咤の矛先は嫁にも及んだ。晶子にとって義父の言い分には逆らえない。帰った夫に不満を述べても、疲れているのか聞く耳をもたない。息子も、親に意見することができなかった。

晶子は自分の子なのに、義父がまるで自分の存在を無視しているかのようで、耐えられない日々をおくっている。それがほぼ毎日のことである。自分の教え方、考え方からそれることはたびたびであった。後で嫁が教えなおしたことがわかると、意識的と思えるくらい、徹底的に糾《ただ》し

ているのを見て、なんとも耐えられない憤りを感じた。ノイローゼになる一歩手前まで来ている。思ったことを面と向かって言えない歯がゆさが身に沁みる。船頭が二人いて困るのは子どもも、どちらに従えばいいのか迷っている様子が窺える。

膝の上に載せて練習させているとき、祖父の膝に生暖かいものを感じた。直感した。

「こら、なにをする！　小便のときはいわんか！　この坊主め……」

強制的におろされ、このときばかりは母親の手に渡された。

百吉は演奏活動で多忙を極めている。オーケストラの仕事で何日も家を空けることもある。地方での演奏や音楽家を目指している人たちへの指導などである。我が子にヴァイオリンを教えることをあきらめてからというもの、子どもの養育はもっぱら妻にまかせっきりとなっている。家へ帰っても、父と妻との見えざる葛藤には頓着しないようである。いや、知らないようにしているのかもしれない。

貞次郎の指導は厳しいが、それでも孫はついてくる。それには父が留守がちでほとんど構ってもらえないことによるのかもしれない。心の隅では厳しい男親を求めていたのだろう。団員とともに各地へ出かけることがあり、数日、あるいは一週間と顔を見ないことはよくあることだ。そのぶん、祖父を父親と思っているのかもしれない。厳しい祖父ではあるが従っている。それがピアノを上手になることだと思うようになったから。

しかし、ある日の出来事は強烈だった。

貞次郎が同じことを二度教えたが、できなかった。真男は「もういや！」というや、椅子から降りた。祖父は引き下がらなかった。近くにあった腰ひもで椅子に縛り付け、声を張り上げた。

「やるんだ。こんなことができなくてどうする！　できるまでなんどでもやるんだ！」

真男はわめき叫んだ。おもいっきり泣いた。

「おじいちゃん、きらいだ。だい、だいきらいだ」

号泣は家じゅうに響き、なかなか収まらなかった。三分、五分……。

そばで見ている晶子は泣いて頼みこんだ。義父には言い返すことなどできたものではない。なんといっても嫁は弱い立場。義父には言い返すことなどできたものではない。絶対的権力者にたてつくようにして。しかし、なん
やがて号泣はぴたりと止み、真男は涙を拭いて練習を続けた。晶子はその様子にびっくりした。どんな心の変化があったのだろうと見守っていたが、意を決して言った。

「お義父さん、そこまでなさらなくても、あとはわたしが教えますから」

「だめだ、私が教える。甘やかすからこうなるんだ」

そこには執念のようなものさえかいまみられる。若かりし頃のかなえられなかった夢の復活をかけているのだろうか、この孫に。

一時間ほどしてようやくその日の練習から解放された。スパルタ教育はそれからも続いた。そのためかどうか、真男はやさしい短い曲ならまがりなりにも弾けるようになり、少しずつではあるが、上達してきた。音楽的な才能の種子はこのようにして注入されていったのかもしれない。

ある日、練習がひと段落して、近所の池へ行こうと祖父は誘った。

「そうだ、上の池へ行かないか。面白いことがあるかもしれんぞ」

「いく、いく。ボク、池、好き」

やはり子どもである。池へ行けば珍しいものがいっぱいあると胸躍らせている。それになにより、ピアノ漬けから解放されるのが目にみえている。気分転換になるのを知っている。このときばかりは仲の良い祖父と孫、手をつないで出かけた。

池は子どもたちの格好の遊び場。

思いっきり走ることもできる。はじめて見るものも多い。やはり子どもだ。解放感に満ち溢れ、目は輝いている。その池の周りは四季折々の季節の顔を表現している。はる・なつ・あき・ふゆ、いつも違う輝きを見せてくれる。とりわけ晩秋の紅葉のころが美しい。そのようななかで、貞次郎はまだこの年齢では理解できないだろうと思いながらも音楽そのものについて話し始めた。真男は虫たちを手に取って遊びたかったのだろうが、家の中とは違い、外の景色を見ながら聞くのは興味深かった。厳しいピアノの練習から解放された、ほんの短いひと時であった。

「あのな、真男にはまだわからないだろうけれど、音楽というのは、リズム・旋律（メロディー）・ハーモニーなどが組み合わさってできているんだよ。〝音〟をどのように創っていくか。どういうおもいで組み合わせていくか、それは創る人の考えによるのだ。いま、真男にわかり易い言葉でいうことは難しいが、少しずつ話していこう」

音楽のことをわかり易く言おうとしているのだろう。ひと言ずつ言葉を探している。まるで〝野外授業〟のようだった。まだ小さい子にはわからないことであっても、いつか思いだしてくれればいいと思った。

「そして音楽というものはな、うれしいこと、哀しいこと、いろんな想いを聴いている人に伝えることができるのだ。お前も大きくなったら、〝曲〟を創ったらいい。自分の思ったことを音で表現するのだ。それを〝作曲〟というんだ。今までたくさんの人がいろんな曲を創ってきた。この日本には素晴らしい歌がたくさんある。良い歌に出会うと、それを口ずさむようになるだろう。それが音楽というもんだ。おじいちゃんが生きている限り、お前にいろいろと教えよう。厳しいががんばるんだ」

真男は祖父への思いを変えねばならないと思った。本当はおじいちゃんはやさしいんだ。池へ行こうと連れ出したのは、ピアノを離れてこのようなことを外の景色を見ながら言いたかったのかもしれない。子どもではまだわからない、祖父の独りよがりのつぶやきであったのかもしれないが、かつてピアノを大成できなかった無念を、祖父はこの小さな孫に託そうと夢をつないでいることだけは確かなようだ。

自分の想っていることを音にして出す、この言葉に真男はひかれた。他にも音楽の専門的なことを言われた。まだ理解できないけれど、何か大事なことを教えられたような気がした。

真男は神妙に聴いている。聴いていて、おじいちゃんはきっと〝音楽の神様〟なんじゃないかと誇らしげに思った。何でも知ってるんだもの。

教える方にしてみれば、まだこのようなことを言ってもとうてい理解できるとは思っていないが、少しでも耳の奥に残っていてくれればいいと思っているに違いない。

この池に孫を連れてきたのにはエピソードがあるからだ。貞次郎がかつて音楽学校に行っていたとき、そう、四年生の時、帰省した折に幼少時からの思い出を込めて作曲したことがある。そのうちの一曲は、まさにこの池での経験が基になっていた。

ある日の夕方、西に太陽が沈む前から徐々に真っ赤に染まり、完全に西方の世界に没していくまでの情景を感動のうちに観照し、一気に五線紙に書きとめ、曲にしたことがあった。さまざまな姿をした枝から見える真っ赤で大きな太陽と、いくつかの雲の動きが数分間を演出している。雲は天才であると誰かが言った。その意味をその時感じた。もし、あの夕日のところに、雲がまったくなければ、きっと平板な景色になっていただろう。大小、さまざまな形をした雲に光があたり、陰影が醸し出され、ある雲は早く、別の雲はゆっくりと動き、変化していく。不規則に並んだ枝はいろいろな情景を演出し、人びとの目を魅了するのだ。やがて太陽は〝西方浄土〟へ向かっていく。永遠の路程を求めて。あの遠い向こうには何があるのだろう。その想いを青年・中條貞次郎は曲にした。曲の感じを最もよくあらわすタイトルには迷った。なんというタイトルをつけようか、ずいぶん迷った。そしてつけたのが、《あの西方の向こうには》だった。つけてから、いかにも文学青年的だな、と感じた。案の定指導教官からは賛同を得られなかった。しかし、押し通した。池と詩的な情景の夕日と、この時の経験は真男がもう少し大きくなってから話そう。今はまだ早い。このときの気持ちがわかるようになれば、もう一度、一緒にこの景色を振り返ろう。

真男を家まで送り届け、妻の待つ家へと向かった。

我が子のピアノ指導の主導権を義父に取られてしまった晶子にとって、それでも自分にできることを模索した。ピアノは単に楽譜通りに弾けることだけでなく、聴く人の心に感銘を届けねばならない、とかねがね志としてもっている。学校時代の恩師から教えられたことでもある。そうだ、表現力を高めること、楽譜に忠実なだけでなく、心に響く音楽を弾かせよう。絵本がある、やさしい童話がある。はじめは動物や花の絵を見せてこれはウシだとか、これは桜の花、とか言っていた。しかし、これでは真男の興味をひかないことがわかった。何が足りないの？考えた結果、そこには〝動き〟がないことに気がついた。

別の絵本を見せて歌うように読んでいった。いや、まさに歌った。岡本帰一による躍動感と親しみあふれる絵の力なのかもしれない。タンバリンをふり、楽しそうに踊っているウサギ。

兎のダンス

野口雨情 作詞

ソ　ソラ　ソラ　ソラ
兎の　ダンス
　タラッタ　ラッタ　ラッタ
ラッタ　ラッタ　ラッタ　ラ。

脚で蹴り　蹴り
ピヨツコ　ピヨツコ　踊る。
耳に鉢巻
ラッタ　ラッタ　ラッタ　ラ。

ソ　ソラ　ソラ　ソラ
可愛いダンス
　タラッタ　ラッタ　ラッタ
ラッタ　ラッタ　ラッタ　ラ。

飛び跳ねるような調子で体を揺らしている、母の躍動感たっぷりの歌と動きは真男の心をとらえた。目は輝き、タンバリンをもった元気そうなウサギが絵本から出てきそうだった。今までの短い人生のなかで、これほど喜んだことはなかった。この曲を二人は何回楽しんだことだろう。こうして真男は音楽の楽しみを身体で覚えていくようになった。

少し長い読み物にも挑戦した。

明治二十二年に刊行された『おほかみ』は、ドイツのグリム兄弟による『おおかみと七匹の小やぎ』の日本語版。絵をみると原作では山羊であったものが羊になっていたり、日本家屋や着物姿が描かれていて、違和感なしに入れたのだろう。幼児の興味を持続させるのは容易ではない。数分ずつ小刻みに変化をつけながら、ときには一時間近くも読みつづけた。読み終わると、次の日にはまた最初に戻って読み直すものだから、すっかり筋を暗記してしまった。この繰り返しは、後のちになっても物語の面白さと、抜群の暗記力につながったのかもしれない。

もうひとつ晶子が真男のためにしていることがある。手を大きくすることであった。以前、何かの折に、近所の同年齢の子どもの手と比べられる機会があり、真男の手が大きいことにふと気がついた。もっと大きい手にしたい衝動にかられた。もっと大きく……。

「真男や、ピアノを弾けるようになるには、手が大きくなくてはいけないのよ。手を広げてごらん。親指の先から小指の先までできるだけ遠くの鍵盤に届くように。曲によってはね、ドから次のドより上の鍵盤を押さえることがもとめられるの」

晶子はリストなどの手が大きいことを知っている。なかには並外れた人のいることも。将来に向けて作戦を立てた。真男の手はまだまだ小さい。幼児であるから当然ではあるのだが。それでも、指と指の間を伸ばし、弾くのに不自由をしないようにしたい。そうすれば、演奏できる曲は広がる。そのことは、真男も今までの練習でわかっているようだ。

「どうしたらいいの？　この手、いっぺんに大きくならないよ」

それからというもの、日に数回、小さい指をマッサージしながら、伸びろー、伸びろー、と声をかけた。それが面白いのか、二人は声を合わせて呪文のように唱えていく。

「もっと手が大きくなりますように！」

真男にとってはそれが面白い。

「これをね、半年、一年、二年と長いことつづけるのよ。そうしたらきっと手は大きくなるからね」

半年や一年といわれても、真男にはまだその〝時間〟の観念はないのだが。

月日とともに真男のピアノへの向かい方は生半可なものではなくなった。朝食が済むやいなやピアノへ向かい、午後も祖父の来ない日はひとりで練習に励んでいる。晶子はまだ小さい幼児が、歳に見合った遊びもせず、このようなことでいいのだろうかと逆に不安感を抱くこともあった。その責任の半分は自分にもあるのだが……。いっぽうでは、練習の成果は目に見えて表れている。この調子だと、自分の腕を越されることは遠い日ではない、とさえ思うようになった。

それを裏付けるかのように、祖父の指導方法も幼児ということを意識していないかのごとく厳しく注意をし、それに応えるように、真男もときには泣きながらでもくらいついていく。決して投げ出したりしない。


百吉は一週間ぶりに帰宅した。

晶子はすぐさま酒のにおいを嗅ぎとった。ヴァイオリンは持っていない。ということは練習場を出るとき誘ったのか、誘われたのか、飲み屋へ行くことになり置いてきたのだろう。疲れを癒したかったのだろう。常日頃、「ヴァイオリンは命の次に大事だ」と口癖のように言い、まるで分身であるかのようにしている。日頃の手入れにも余念がない。演奏の終わった後には必ず乾拭《からぶ》きをし、絶えずチェックすることを怠らずにいる。子どものことは妻に任せっきりだが、ことヴァイオリンに関しては自分で責任をもって養育しているようなものだ。酒が入っていないときは静かなのだが、酔って帰ると自制心が利かなくなるのか、あちこちにぶつかる音などがする。

ある日のこと、すでに真男は寝ていた。晶子が子どもが目を覚まさないように促しても、酔っ払いには効かない。奇声を発したりもする。とうとう目を覚ました。寝ぼけ眼で目を覚まし、父の動作を見ている。

「お父さん、ふらふらだ」

晶子は小さい子に父親のぶざまな姿を見せたくなかった。

「なんか、変なにおい！」

酒臭さは部屋中に広がり、鼻をつまみたくなるくらいだ。相当飲んでいる。晶子は水を飲ませ、寝かせつけた。

貞次郎は、息子が深酒をして事故を起こさないか、気にしていた。ときとして注意するのだが、その場だけに終わる。ある日、素面《しらふ》のときに説教した。酒に飲まれるな、と。

「真男が大きくなって、ピアノとヴァイオリンで親子の共演をしたくないか、そう思うならもう少し自制しろ」

百吉は〝共演〟という言葉にハッとした。それも悪くないな。大人になった真男が、父のヴァイオリン演奏の伴奏をピアノで行い、拍手喝さいを浴びる、そんな幻像をみるのだった。いつしか遠い先へ心は移った。行き着くところは、真男のピアノのことだ。

「真男のピアノはわたしに任せておきなさい。きちっと指導するから」

それを聞いた晶子は、いっそう自分の出る幕がないことに不安を覚えた。

ピアノをする上で身体的なこと、これは父親から受けついだようだ。同年代の子どもに比して身長が高く、手が大きい。さらに、母親との共同作業のおかげか、手を広げれば一オクターブを越し、「ミ」まで音を出すことが可能であった。

真男のピアノは目に見えて上達している。

晶子はそれをみて、もともと才能があったのかしら、と思いあがったりもした。

ある日、貞次郎は五線紙を与えて、およそ楽譜を理解するのに必要な知識を事細かに教え込んだ。

「前にも話したことではあるが、これは大事なんだぞ」

念を押すように話すと、真男は神妙に聞いている。いろいろな音を聴かせて、それを五線上に書くことも教えた。

「ある音楽を聴いて、そのメロディー、ハーモニー、リズムなどを理解することが大事なんだ。〝聴音〟というが、大事なことなんだ」

真剣なまなざしで聞き入っている。しばらくして音感を試そうと鍵盤のあちこちを不規則に叩いて五線紙に書かせた。それは見事なものであった。どれも間違っていない。音を聴きとる力、もしかしてこの子には絶対音感が備わっているのかな、ふと思った。

このようにして音楽の理解、基礎についての〝授業〟が根気強く進められた。

あるうららかな日、家のすぐ近くにある小さな広場で子どもたちが唱歌を歌っている。大人が指導しているが、伴奏はない。室内であればオルガンなどで伴奏するのだろうが陽気に誘われて外での練習だ。解放感に浸り、たまたま窓を大きく開けながら真男はピアノの練習に余念がなかった。真男は合唱を少し聴くなり、伴奏を付けはじめた、まるで聴かせるかのように。みるみる子どもたちが寄ってきた。大人はびっくりした。なんと弾いているのは大人ではなく、幼児ではないか、一人前のものであった。そういうことが何回かあると、近所でも評判になった。

〝あの子は天才だ！〟

ときおり父や母が気分よく鼻歌を歌っていると、真男は一度聴いただけで楽譜に書きだす抜群の能力をもっていた。びっくりした。書いたものを見ると、若干の手直しをするだけで、ほぼ完璧だった。

真男の上達ぶりには祖父は驚嘆するばかりだ。

二、三日来るのが遠のいていたある日、祖父が家へやってきた。真男は喜び勇んで報告した。

「おじいちゃん、ボク、曲を創ったよ」

以前にプレゼントした五線紙にいかにも小さい子の書き方で、しかし、整然と音符が並び、曲になっている。音楽のいろいろな約束事も理解できている。祖父はひと目見るなり驚いた。これはなんということだ。天才だよ。音符が並べられ、曲になっているじゃないか。それだけじゃない、必要な記号などもきちんと書き込まれている。曲の雰囲気が目に浮かぶようだ。一種の物語性がある。何枚かある五線紙を一枚ずつめくりながら、食いいるように見ている。

真男は祖父の次に発する言葉がどのようなものか、不安顔である。

「これは一人で創ったのかい」

「そうだよ。ボクひとりで……」

「弾いてごらん」

少し聴いて唸った。これはただ事ではない。立派だ。どこか人前で弾かせよう。曲は二人でいった池を題材にしていて、春・夏・秋・冬と繰り広げられるさまざまな情景を見事に描いている。短期間でここまでできるようになるとは夢にも思わなかった。さらにいうなら、この曲には〝色彩感〟が豊かに表現されている。演奏すれば五分ほどのものであるが、〝組曲〟といってもいいものだった。わたしが何十年か前、そう、四年のときに作曲した《あの西方のむこうには》とは全く次元の異なるものだ。胸に熱いものがこみあげてくる。

少し考えてじっと見つめながら言った。

「曲にはね、〝題名〟というものがいるんだ。これなら《池のほとり》というのがいいかもしれんな。いや、そうしよう。それにしても、よくできている。人の心を打つ作品だよ。ちょっとこの楽譜、貸してくれるかな。音楽をやっている人に見せるから」

真男は言われるままに渡した。

「うん、いいよ。また創るね」

貞次郎は音楽仲間の会合のおり、真男の楽譜を見せた。もうすぐ四歳になる子の作品とは言わずに。その人は東京の音楽学校を卒業し、作曲の教授を務めあげ、数年前に京都へ移ってきたという。作品を最後まで目を通して発した言葉、

「これを作曲した人はどんな方ですか。たいへん、興味をもちました」

「いえ、まだ駆け出しの四歳、四歳になる男の子です」

中村元教授は驚いた。

「なんとおっしゃいました？　四歳？　本当ですか」

貞次郎は口が滑らかになってきた。

「いえ、実は孫なんです。父親は楽団でヴァイオリンをやってます。母親は今は特にしてませんが、東京音楽学校でピアノ科を出ました。孫に対する指導はもっぱら私がでしゃばってます。嫁さんには嫌われているでしょうね。この曲についてはわたしの知らないうちに、孫ひとりで創ったものです。誰の手も入っておりません」

「そうなんですか。やはり遺伝でしょうか。ご両親とおじいちゃんが音楽のプロで、恵まれた環境だからなんでしょうか、ここまでできるというのは」

少し考えるようにして言った。

「いちど、こちらに来てもらってください。何人かに聴いてもらいましょう」

一週間後、中村によって五人ほどの音楽家が集められた。〝サロン〟という雰囲気だ。彼らたちにはわずか四歳になろうとする幼児が演奏者だとは知らされていなかった。開始のあいさつの

後に出てきたのはまだ幼い子であった。びっくりしたのは大人たち。騙された気分になり、帰ろうとする人もいたほどだ。しかし、せっかく来たのだから、そして中村への手前もあると思い、とどまった。いったいこの幼児ははたしてまともにピアノを弾けるのか、でもまてよ、あの中村がわざわざ我々を呼んだのにはそれなりのものはあるのだろう。

中村のあいさつで始まった。

「ここにいる坊やはもうじき四歳になると聞いております。生まれたときから恵まれた音楽環境のもとで育てられたようです。お父さんはヴァイオリン、お母さんはピアノをされ、近所に住んでいる祖父はピアノと。生まれてからしばらくはお母さんが教え、今はおじいちゃんがピアノだけでなく、音楽全般について教えておられると聞いております。今日、はじめに弾いてもらいますのは、この坊っちゃん、中條真男くんの作曲によります《池のほとり》です。中身にはおじいちゃんやお母さんの手ははいっていないと伺っております。まずお聴きいただくのがよろしいでしょう」

出番を待っている真男は大人たちをじっと観察している。後ろの席では両親と祖父が心配そうに見つめている。ボクの創った曲がこんな人たちの前で弾けるんだ。緊張感と喜びにあふれている。

真男はピアノの前に来てぺこりと頭を下げ、椅子に座った。十秒ほど目を閉じ、あの池の情景を思い返している。そして心を落ち着かせ、いよいよ弾きはじめた。ひとたびピアノを弾きはじめると、大人たちは息をのんだ。のびやかで、明るい雰囲気に引き込まれた。なんという坊やだ！　祖父と一緒に行ったあの池の情景、春のうららかな景色、冬のきびしかった様子、太陽の降りそそぐ夏、生き物たちは活発に動きまわり、子どもたちの楽しく遊び戯れている様子があますところなく描写されている。厳しく指導した後に池へ行こうと誘い、歓び勇んでいった時の喜びようが生き生きと目の前に迫ってくる。

晶子は義父のあまりにもスパルタ的な教え方に涙しながら陰で見ていた日々、嫁と舅では思ったことも言えないもどかしさ。そういうものを今、真男の演奏を聴きながら思い返している。よくここまでできるようになったものだ。

最初の演奏が終わった。聴衆の全員から大きな拍手をもらった。いつまでも続いている。中村は頭を下げて礼をするよう促した。

二曲目、三曲目は三、四日前に中村から楽譜を渡された曲であった。これも見事、というか、完璧な演奏であった。だれもが四歳という年齢を忘れて聴きほれていた。

終わって、大人たちは真男を囲むように寄ってきた。

「坊や、いや、真男くん、日にどのくらいピアノを弾いているの？」

「午前に三時間、午後に四時間ほどです」

「ピアノを弾きながら、なんか思うことってあるかな」

「おじいちゃんは厳しいし、時には怖いけれど、いろんなことを教えてくれる。これからももっと難しいことを教えてもらうよ。この前、リストという人の楽譜をわたされて練習してるんだ。いつか弾けるようになりたいな」

〝リスト〟と聴いて、あの〝ピアノの魔術師といわれる〟フランツ・リストのことかと、客人たちは二度びっくりした。この子ならやり遂げるかもしれないな。大人たちは、これからも大いに練習するように励ました。

「はい、わかりました」

大人たちはこの坊やの将来についてどのような思いを描いただろうか。


初夏の晴れ晴れとした日、晶子は何故か気分が昂揚し、鼻歌を歌いながら洗濯物を干していた。あまりにも満ち足りたような気持ちで、恍惚感に浸っているようだ。気分よく歌っているのを聴きながら、真男はそっと五線紙に書き留めていた。そうとは知らない晶子は真男がおとなしくピアノを弾きながら何やら書いていることに気にも留めなかった。しばらくして、

「お母さん、できたよ。お母さんの歌」

いったい何を書いたのか、覗いてみると、あきらかに鼻歌のメロディーを書いているではないか。のんびりとした雰囲気も出ている。

「お母さんの歌って……?」

何か秘密でも明かすように、でも喜んでいる。

「弾いてみるよ」

真男が弾きだしたのは、まぎれもなく先ほどの鼻歌を再現したものであった。どことなくのんびりしている。晶子は何やら恥ずかしい気持ちになりながらも、息子の成長ぶりに感心した。少し間をおいて、真男は《池のほとり》を弾いた。あの日、五人ほどの大人たちの前で演奏したときの興奮した眼差しは今も目の奥にはっきり残っている。晶子はこの曲を聴いていて、幼い息子が世に認められるようになった最初の出来事として、いつまでも忘れることはないだろうと思った。このころすでに絶対音感は備わっていた。母親の歌うほとんどの歌について、その音を正確にピアノで弾くことができた。他人の歌を耳で覚え、その旋律を即興で弾くこともできた。

真男の実力は日々向上している。昨日よりも今日、今日よりも明日へと、より多くのこと、難しいことができるようになっているのを目の当たりにするのだった。

祖父はある日、運動靴をはき、どこかへ出かける服装でやって来た。真男を外へ連れ出したのだった。京都の寺を巡り、神社へ詣で、その寺や神社のいわれ、歴史などについて目を輝かせながら話した。次の日には吉田山や大文字山へ登り、京都の町をみながら京都の歴史についても熱を込めて話し、まるで自分たちがそこにいるようだった。三日目には伏見にある明治維新ゆかりの場所へ案内し、ここでどんなことがあったのか、できるだけわかり易く語った。三日間の出来事は、真男にとってははじめて見、聞くことばかりであった。祖父には思うことがあった。閉じ籠った神童であってはならない、と最近思うようになった。外へも目を向けさせないといけないことに気がついたのだった。今はまだ何もわからないだろうが、もう少し大きくなって世の中のこともわかるようになると、おじいちゃんの話したこと、一緒に行ったことを思いだしてくれるだろう。それは〝肥やし〟となって、音を紡ぐとき、心のなかから芽を出してくれるだろう。今の若い、清新な心をもった時期にピアノから離れて見せておきたかった。

祖父のこの狙いは真男にどう映ったかわからない。けれども未知のものを垣間見たことは確かであった。真男は三日間の〝野外授業〟をとても興味深く過ごした。たしかに違う世界のあることをみいだしたようだ。

二年ほど経った。

相変わらず祖父の厳しい練習は続いている。真男も時にはとんでくる叱声やビンタにもかかわらず、くらいついている。いや、真男には叱声やビンタを乗り越えることが自らの使命でもあるかのようにさえ思ってきた。ときには涙目を浮かべるようにして。

そんなある日、祖父はニュースをもちこんできた。

公開の演奏会で大人たちに交じってピアノを弾くようにとの依頼であった。二年ほど前に弾いたのは、中村教授の知り合いを集められたいわば私的な演奏会であった。五人ほどの参加者は音楽と何らかのつながりのある方々であり、そのなかで好意的な反応を得られたことは大きな励みとなっている。

この話に、晶子は身震いを感じた。自分には出来なかったこと、五十人ほども入るホールでピアノを弾く……。他の演奏者三人は大人で、音楽学校で専門教育をすでに受けた人たち、その中に交じって、六歳の児童がピアノを弾く。両親は内心ハラハラし、それほどまでに評価されていることに恐ろしさも抱いた。

演奏曲は祖父が考えた末に指定した。ドビュッシー『月の光』とシューマン『謝肉祭』であった。両方とも難しいが、うまく弾ければ聴いている人たちに感銘を与えられる曲だ。祖父から注文が付けられた。

「『月の光』、静けさに満ちた月の光を思い浮かべ、まるで夢見るように想像して弾くこと。『謝肉祭』は全部で二十の小品が集められている。どれも心を込めて」

この二曲を大勢の人たちの前で演奏する、真男は昂まる胸の鼓動を抑えきれず、指導している祖父は、責任の重さ、そこからくる重圧感とで押しつぶされそうになった。なにしろ、聴きに来る人たちは、お金を払ってくるのだから、前回とは違う。

「楽譜をしっかり読んで、よく弾き込みなさい。すべてはそこからだ。そして、作曲者はどんな想いで創ったか、そこのとこを感じるようにしなさい」

言われたとおり何度読んだことだろう。いったりきたりしながら、両手を譜面に合わせて動かすように……。指導は前にもまして厳しいものとなった。まるで祖父の人生がかかっているかのようでもあった。晶子は後ろに立って緊張感をもって見つめている。いっしょに物語を読む心のゆとりはもはやない。祖父が家にやってくるのは週に三、四回、午後の四時間ほどであったが、この話が入ってからは、それがなんと週に六回、来れば六、七時間もつきっきりの指導となった。熱の入れようは半端なものではない。孫が演奏している手を注視している。手が並はずれて大きい、まさにピアニストに向いている。足の長いこと、それもペダルを踏む時の助けになっている。

「一音ずつ、心を込めて弾くんだよ。聴いている人に真男は何を伝えたいと思ってるか、わかるように」

大人と同じような指導をしている。少しでも間違うと容赦なく叱声が飛ぶ。

「違う、楽譜をしっかり見て。おじいちゃんがやかましくいうのには訳があるんだ。楽譜には作曲者の考えたこと、思っていることが全部詰められているんだ。音符の一つひとつに。そこのところを理解したうえで、真男の全精力、想いをぶっつけるんだ。鍵盤の白、黒をたたくことによって〝音〟が出る。この音の集まりによって音楽ができ、聴いている人たちを刺激して感動を与えるのだ。素晴らしい音楽はやがては〝芸術〟の領域にまで達していくんだよ。音楽芸術として発信していくためには、この曲によって何を表現し、感じてもらうか、常に考えることだ。このあいだ、ある本を読んでいたら、ベートーヴェンは自らの作曲したピアノ・ソナタの楽譜につけた『注釈』を見たんだ。第一楽章には『いくぶん早く、そして非常に深い愛情をもって』、第二楽章には『生き生きとした行進曲風に』、第三楽章の〔序奏〕で『ゆっくりと、そして憧れに満ちて』、さらに〔主部〕では『速く、しかし速すぎないように、そして断固として』と記されている。大人のわたしでも、いったい何を言わんとしているのか、これをどう理解して弾けばよいのか戸惑ってしまう。とくにベートーヴェンは細かい指示をたくさんしていると聞いている。それも作曲者の考えなんだ。今は難しくてわからないだろうけれど、一生懸命がんばるように」

そばで義父の言葉を聞いていた晶子は、何か教え急いでいるような気がふっと頭をかすめた。

この小さい子に言ってわかるのかと思うほど、難しい内容もわかり易くいいかえることもしない。さらに時には演説するように発する言葉は、六歳の子どもには無理なことだ。昂ぶる気持が今は理解できなくとも、言っておきたいと思う一念がそうさせたのだろう。

練習が終わったときの疲れは、真男よりも祖父のほうが堪えているのかもしれない、帰宅するとすぐに横になる日が多かった。このように音楽の心、ピアノの技術を注入するかのような姿は、孫が上手になることは、自分の人生そのものと思いこんでいるからだろう。晶子は遠き日、ピアノを辞めざるを得なかった日のことを思い返した。

祖父の厳しい指導は日々、成果を上げてきた。演奏会の二週間前にはほぼ仕上がり、一つずつの点検作業となった。祖父はここまで来たか、と胸をなでおろしている。あとは当日ホールで多くの人に飲みこまれないで、あがらず、日ごろの力を出してくれればいいのだ。それでも前日まで厳しさは変わらなかった。

一週間前、会場となるホールへ連れて行った。舞台、楽屋、客席の前・奥の方までを、楽屋からピアノの前までどのようにして歩いていくか、予行演習にも事欠かなかった。祖父がピアノを舞台上で弾き、真男には、客席のいろんな場所へ行かせて音がどのように伝わるか聴かせた。想定されるいろいろなことを体験し、入念な準備をさせた。

「実際の場面はこれとは違うんだ。人がいっぱい入っていると音が吸われてしまう。天候などによっても違ってくる。その時の状況を感じることだ」

いよいよ当日、前日は早くに寝かされた。万全の体調で臨ませようとの晶子の配慮であった。演奏者は四人、前半の二人の演奏がすみ、休憩をはさんで三人目に真男の登場となった。演奏会用の衣装に着替えさせ、背中をポンと押して送り出した。観客からは半ズボン姿の六歳の少年に対し、驚きと励ましだろうか、大きな拍手が続いた。そして、静寂。客に向かって礼をし、息を整え、演奏をはじめた。はじめはドビュッシー『月の光』。祖父からは何回も言われたこと、いくぶんゆっくりとした曲ではあるが、そのぶん、一音一音に心を込めてテンポに気をつけないと間延びしてしまうとの注意。客席からはうっとりした雰囲気と、なんというすばらしさだ、ため息が漏れている。真男の演奏は会場の空気をすっかり取り込んだ。一曲が終わって次の曲へ移る少しの間、目を閉じて心を落ち着かせた。つづいてシューマンの代表的なピアノ曲で傑作といわれている『謝肉祭』、〝四つの音符による面白い情景〟との副題がついている。情熱的な音楽でこの二十四分ほどの曲を弾くには相当のエネルギーと集中力を使うことは確かだ。

真男は二曲を見事に弾き終えた。客席からの拍手は鳴りやまない。何度も礼をしてそれに応えた。あちこちで「リストの再来だ」とか、「彼こそ〝神童〟と呼ぶにふさわしい」など、驚嘆の声は途切れなかった。リスト！　リスト！　と叫ぶ人たち、祖父ははじめ何のことかわからなかった。まさか真男に対し、リストと呼ばれるとは予想だにしなかったから。この叫びには恐ろしささえ感じた。両親と祖父は涙が止まらなかった。戻ってきた真男をしっかりと抱きしめた。

翌日の新聞はこの演奏について大きく取り上げている。どの記事も好意的に書き、半ズボンのかわいい笑顔がほほえましかったとさえ付け加えている。この歳にして並外れた音楽的才能を有し、その解釈に至ってはもはや子どもの領域ではなく、深い洞察力を兼ね備えた音楽家のものであるとさえ評している。

しかし、大成功を打ち消すように悲しみは突然やってきた。翌朝、祖父は家で倒れ、そのまま息を引き取った。永遠の別れがやってきた。真男にとって、人生ではじめての衝撃といえる出来事だった。しかもつい前の日まで厳しく教えてくれていたおじいちゃんが……。別離はにわかには信じられない。そして〝人の死〟ということがどういうことなのか、この歳で経験したのであった。

おじいちゃんが死んだ、と聞いた時、真男はいったい何が起こったのか、わからなかった。つい昨日まで元気よく教えてくれていた祖父、時には叱ったりしながら。〝死ぬ〟とは何なんだ？　まだ小さい子どもには想像することができない。祖父の家に行った。顔には白い布がかけられている。そっと取って話しかけた。「おじいちゃん、何か言ってよ！　叱ってよ」。ほっぺを触った。温かみはない。それどころか冷たかった。あー、これが〝死ぬ〟ということなんだ。小さい声で「おじいちゃん」、でも声は返ってこない。もう二度と手をつないで散歩することはできない。池へ行って楽しく過ごすこともできない。幼い心ではあるが、無常観さえ抱いた。どれだけ前か、お寺や神社へ行き、また吉田山や大文字山の頂上から京都の町を見ながら話してくれたこと。どれも難しかった。理解できなかった。もしかすると、祖父は自分の命がそう長くないことを自ら予見していたのかもしれない。

祖父は自分のかなえられなかった夢を、孫にはきっとかなえさせようと考えたのだろうか。別れの事実は日が経つほどに心のなかに分け入ってくるのかもしれない。

いつか前におじいちゃんが言ってたこと、音楽をどのように創っていくか、リズム、旋律、和声とか、それらの組み合わせのこと、少しずつ丁寧に教えてくれた。まだわからないことばかりだけど、がんばる。おじいちゃんの声、姿などを思いだしながら。

真男はしばらく何も手がつけられず、ただ悲しむのみであった。思いだされる池のほとりでの語らい。今は懐かしさがこみあげてくる。祖父は天国で見守っているだろう。「真男はわしの厳しい指導によくついてきてくれた。感謝しなけりゃいかん。これからは独り立ちしてしっかりやれよ」

教え方では、祖父の〝剛〟に対し、母は〝柔〟であったのかもしれない。

晶子は義父の死去から日を待たずに真男への出演料を受け取ることとなった。予想外のもの、少額ではなかった。一瞬、あの子は「金」になる、不純なものが体のなかをはしった。しかし、当の真男は純な気持ちだった。この歳にして、音楽をこれからの生きる道と思い、人生そのものとさえ感ずるようになっている。

祖父の死は、真男にとってしばらくの間、心の空洞が支配することでもあった。まだ六歳とはいえ、ショックは大きい。なにをするにも落ち着かず、ときには遠くの方を見て、ぼーっとしていることがある。窓際に両手を突き、ただ遠くを見つめること一時間、いや二時間となることもあった。物心がついたころから祖父から受けた厳しい練習の毎日であった。その間、幼い子どもらしく外で楽しく遊ぶことはできなかった。鬼ごっこやかけっこをすることもできなかった。そのような時間があれば、すべてはピアノのために使わされた。子どもから〝遊び〟を奪ったピアノに対し、両親とも何の違和感も抱かなかった。

祖父は精神的に真男を支配していた。ピアノを教えているときは厳しく、怖かった。楽しかったのは、寺や神社へ行ったり、山へ連れて行かれた時だけかもしれない。

幼児であった真男に、音楽とは何か、音楽の深遠さについて語ってくれたのは、ほかでもない祖父であった。年少だからと言って難しい言葉を易しく言い直したりはしなかった。話す内容もピアノの指導においても、将来は立派なピアニストにさせたい一心だった。大きくなってからもこのころの体験は忘れることはないだろう。とりわけ一緒に池へ行った時に見た夕日の感動。いろいろな陰影を伴った夕日、太陽の光は偉大であり、ときには〝畏怖〟の念さえ抱かせるものだった。

祖父に集中的に教えられるようになる前、母に絵本を読んでもらったり、二人で読みあったりしたことは、もう記憶の片隅に追いやられている。祖父に教えられるようになってからというもの、ピアノの練習が第一で、他のことは隅へ追いやられてしまった。そのようなことが積み重なると、ピアノ以外のことはまるで駄目だった。いや、そのようにさせたのは、もしかしたら母親の溺愛のせいかもしれない。食事どきに魚の小骨を取ったり、皮をはいだりは晶子がすべてを行っている。真男はただ見ているだけ。あるときなどは食べ物を口に運んで食べさせているではないか。同年代の子どもはまだ慣れない手つきで失敗しながらでも自分でしているのに。この母子には過保護が支配している。真男は両手を膝の上に置き、ただ口を開け、口を動かせているのみ。ハサミで紙を切ることとさえ、手に傷でもつけたらピアノを弾くことに支障があるというので一切させない。あるとき手を少し切り、血が落ちるのを見て真男は泣きわめき、晶子はどうしたらよいかとうろたえたことがあった。傷というほどのものではなく、すぐに治るものであったのだが……。ピアノ以外の〝俗事〟に惑わされないようにとの配慮であったが、人間的成長では少なからずの〝歪み〟を伴った少年になっていた。

真男が何かをしようとすると晶子がでしゃばり、

「何なの？　お母さんがしてあげるから、言いなさい」

祖父が亡くなってようやく自分ひとりで教えられるようになったと思いきや、真男はもはや晶子の実力を凌駕していたのである。

真男はピアノさえ上手になればいいの、他のことは一切お母さんがしてあげるから、との思いが言外に溢れている。日常生活を自分ですることについては、他の子どもよりずっと遅れている。外へ出るとき、靴を履かせるのは母親の役目であった。他の子どもであれば自分で履いている頃に、なにやかやと世話を焼いている。あるとき、道で靴が脱げた時、どうしたらいいかわからないまま泣き叫んだこともあった。みると左右反対で履くのに苦戦している。それでもピアノの前では《神童》なのだ。あまりにも過保護に育てられたツケは、真男の精神的発達の歪みとしてあらわれている。晶子が小さかった時、〝お嬢さま〟として育ち、なにかにつけて女中が手を差し伸べていたことにもよるのだろうか。

子どもの自立心や社会性を阻害しているのは、身近にいる者の影響は大きい。

2

世間からは、真男のピアノ演奏は驚異の眼差しで見られるようになった。ホールで五十人もの客を前にわずか六歳にして堂々と弾けたことは、大きな自信につながった。なかでも拍手の勢いと鳴りやまない反響は他の人の比ではなかった。子どもだからというのでなく、掛け値なしの評価であった。祖父は厳しく指導したことの成果を歓びとして天国へ旅立ったことだろう。

真男はこの成功を糧に、さらなる飛躍へと目を向けている。かつて祖父から聞いていたベートーヴェンやリストの作品をきっといつかはボクの手で弾いてみたいとも思うようになった。異国の地、どこにあるのかも知らない、はるか欧州という国にいる二人、楽聖の作品に少しでも近づきたいと思ったのだろう。

「母さん、ボク、ベートーヴェンの曲を弾きたい。ピアノ・ソナタを全曲弾きたいんだ」

晶子はびっくりした。かつて学生のころに挑んだことはあったが、全曲を弾くなんてこと、考えも及ばなかった。それだけではなかった。

「フランツ・リストという人の曲も弾きたい。ピアノの魔術師とか呼ばれているんだ」

いいながら、目を輝かせている。ベートーヴェンやリストの名前を挙げて目標を設定するなど、どこまでやるのだろうと思いながら、これからの成長を後押ししていくのを歓びと感じるとともに、重荷も感じた。

ここまで来た真男を晶子ではもはや指導できなくなっていた。祖父亡きあと、指導者を見つけねばならなかった。そこでひらめいたのが、東京で音楽学校の教授をしていた中村賢治先生。祖父と中村とは古い間柄だった。

「真男や、おじいちゃんがおられなくなって、これからきちんと真男のピアノを見てくれる人を見つけないといけないでしょ。お父さんと相談するけれど……」

真男とて指導してくれる人を望んでいた。

「だれかいい先生、いるの？」

「おじいちゃんが《池のほとり》の譜面を見せて褒めてくれた先生、中村先生はどうかしら、と思ってね。先生がどうおっしゃるかわからないけれど。当たってみるだけ当たろうかなと思って」

「お母さんに任すよ。あの先生、好きだよ」

百吉が帰ってそのことに話題を向けた。ヴァイオリンとピアノとの違いはあっても、中村をある意味尊敬しているようだった。それからほどなくして中村に相談をもちかけ、運よく了解してくれた。月二回、彼が家へ来て教えてくれるという。

真男は中村が来る前日から落ち着かない様子だった。なにしろ、当時、わが国での最高の作曲家でありピアニストでもあったのだから。そのことは先般のコンサートで、他の人の中村への接し方で承知していた。

中村は最初に来たとき、真男と一時間ほど二人で話しこんだ。真男という少年について、より深く知っておきたいと思ったのである。ここで真男の音楽への思いは尋常ではないことをあらためて知った。同年齢の子供のように思っていると、一般的な枠から大きくはみ出ていることに驚いた。

厳しいレッスンは前にもまして真男の実力を伸ばしていった。一日ごとの課題や復習はしっかりと、ときにはそれ以上のこともしてしばしば中村を唸らせた。これはただ事ではないぞ。

「先生、ボク、フランツ・リストの曲を弾きたいんです。お願いします」

いつかはそのようなことを言ってくるのではないかと思っていたが、とうとうきた。

「そうか、やるか。リストは知っていると思うが、〝ピアノの魔術師〟と言われた人だ。たとえ〝練習曲〟とはいえ、難しいぞ。覚悟はできているんだな」

「わかってます。やります」

真男の強い意志に中村は意を決した。

以前から続いている母との〝指を広げる〟練習は今も行っている。少しでも指の伸びるのを願って、これがボクのピアノ上達に役立つのだったら、との思いからだろう。

すでに学校へ通うようなっている真男、授業中は仕方なく従っているようだが、落ち着かない。先生の言うことはほとんどが上の空、何も耳に入っていない。昨日練習した曲の復習を机上で指を動かしながらしているありさまだ。小学校の先生（訓導）は、真男が何をしているのか注視しているがわからない。何かに取り憑かれたようでもある。音楽に関心のない人にとって、音符のことや指を動かしながらの練習など、まったくの埒外《らちがい》であった。他の児童もつい真男の方を見て、授業に身が入らない。ついに叱るような口調で言った。

「中條、何をしているんだ、みんなと同じように勉強しなさい。先生の言うことをよく聞きなさい。聞かないんなら廊下に立たすぞ」

真男はそれに堪えるのではなく、むしろ望んでいるかのようであった。廊下に立てば、先生や同級生を気にすることなく、曲を思いだしてピアノを弾くように指を動かすことができるから。そうとは知らない先生は、〝出来の悪い子〟、〝落ち着かない子〟とのレッテルを張るのに躊躇《ちゅうちょ》しなかった。真男にとって学校に行っている時間は強制された〝仮のボク〟で、家へ帰ってピアノの前に座ってからが〝本当のボク〟と思うようになった。顔に表れる表情は一目瞭然。学校にいる時間でさえ、練習時間に組み込んでしまう始末だ。やがて指を動かしているのがピアノの練習のためだと知り、先生は半ばあきらめてしまった。

尋常小学校へ行っている六年間、成績はずっと下のほうだった。ただひとつ「唱歌」の時間になると目が覚めたようになる。しかし、先生の指導に対し文句を言うため、先生にとってはうっとうしい、憂鬱な時間でもある。このような児童のいることを良しとしていない。仕方なく風琴(オルガン)伴奏をさせるようにし、見事な大人顔負けの演奏をするのではあるが、好き勝手な伴奏に先生は困り果てた。かつて母と一緒に「兎のダンス」を絵本で見、一緒に転げるほど喜んだのを思いだしたのだろう。この時、真男の目は輝いていた。だが、同じ芸術分野であるのに、『絵』についてはまったくの才能が備わっていなかった。才能どころか、何を描いているのかさえわからない。鉛筆で絵を描かせたとき、これがピアノを演奏させると天才肌の才能を発揮する同じ人物とはとうてい思えないのである。人、椅子、机、動物や花などを描かせても、これは何？　と疑いたくなる幼稚なもので、マルと線だけで立体的な視点は見られない。学校から持ち帰った絵を見て、晶子はもう少しましな絵が描けないものかと首をかしげたくなる。真男にとって、視覚的な芸術よりも聴覚を刺激する音楽の方にこそ興味を注がれるのだろう。

美術の先生に、「ボクはリストになるんだ」と得意げに話したが、先生はそのリストについて何も知らない。リストって何？　どんな人？　はじめは動物のリスと聞き間違えたほどだ。しかし、〝何か〟特別な意味がありそうだとはうすうす感じていたようだ。風変わりな行動は、小学校の時すでに芽生えていたともいえる。子どもの持っている無邪気さはなく、性格は内向的で内気、神経症的なところが目立ち、どこか偏執病的傾向を見せていた。幼少のころからピアノ一筋で、外でのびのびと遊ぶことのなかったことによるのだろうか。それを証明するかのように、顔は青白く、ときには〝青びょうたん〟などともからかわれた。それに反抗するでもなく、自分だけの世界に生きている。

月二回の指導に来ている中村は、やがて気がついた。祖父の生存中にもらった楽譜はどれくらいになるのか真男は数えたことはないといっていたが、弾いたことのある曲については、ほとんど暗譜していることだ。あるときなど積み重ねられた中から中村が任意に取り出し、題名だけを見せて弾くように促した。そのどれもが見事なものだった。また、いついつに行ったあのコンサートで聴いた〝あの曲〟と指定すると、少し考えるようにして、やがてすらすらと弾きはじめた。驚異的な暗譜能力と一度聴いた曲は時間が経っても忘れないという並はずれた天才的な能力をもっている。今まで多くの生徒を指導してきたが、真男のような生徒は経験したことがない。

いったいこの才能はどこからきているのだろう。容易に推論することさえできない。

中村は指導している生徒の発表会を年に二回ほど行っている。互いに競わすこともひとつの狙いとしている。若いものが中心で、真男はその中で一番小さい。しかし、いつも最優秀として褒められるのは真男であった。他の者たちはそれが面白くない。いつか真男を追い越してやろうと対抗心をむき出しにしてくる。この子たちは音楽で対抗するのではなく、ときには陰湿ないじめになることもあった。大人社会と同じ傾向だ。

中村は少し前から真男の今後について考えるようになってきた。音楽をより厳しくみつめ、上を目指していこうと考えると、京都よりも東京のほうがいい。持っている才能・天分をより伸ばしてやりたい。母親の晶子は東京で教育を受けたと聞いている。東京ではいくつかの交響楽団や音楽家たちの競争相手もいる。切磋琢磨するには〝大きな器〟のなかでいろいろな音楽仲間（ときには競争者にもなるだろう）のいるほうが、より磨きがかかるというものだ。東京へ行かすことはできないか、ただ、あまりにも小さいため一人ではだめで、いきおい一家をあげてということになるが、無理だろうか。そう思いひと月ほど一家を観察した。そして得た結論がある。すぐには真男の両親にこの思いは言わず、自分の熱を冷ませてからもちかけることにした。なんといってもこの話は中條家全員のこれからの人生に関わる問題であり、一生のことであるから。

それからほどなくして、百吉と晶子に少し時間をほしいとあらかじめ了解したうえで切り出した。

両親は中村からどんなことが切り出されるのか、緊張しながら耳を傾けた。

「真男くんのことですが、わたしは息子さんの能力を高く評価しています。将来はきっと大成するでしょう。ただそうさせるには、ここ京都にいるよりも多くの競争相手、音楽家のいる土地、東京のほうが良いように思われます。とはいいましても、ご家族にとっては重大なことなので、簡単に勧められることではないですよね。わたし自身、このお話をしようと思うまで、ずいぶん悩みました」

中村は、ひと呼吸もふた呼吸もおいてゆっくり続けた。

「奥様もご存知のとおり、東京音楽学校には優秀な教員が、ピアノだけを見ても何人かおられます」

晶子は学生時代の恩師を思いだした。あの先生がたは今どうしておられるだろう。厳しく指導されたものだった。わたしの息子が八歳にしてピアノをこのように弾くとお知りになると、きっとびっくりされるに違いない。でも、息子を東京へ出すために一家で移住するとなると、これから歳を重ねていく両方の親たちのことも気にかかる。

百吉はもっと心配だ。今はここ京都で小さな交響楽団ではあるが籍を置き、個人指導などもあって定職以外に副収入もそれなりに得ている。東京へ行けば、三人が生活していくための第一の問題として、まず就職先を見つけねばならない。

中村とて話を持ち込む以上は家族の状況を理解してのことである。

「多分、わたしの感ずるところで一番大きなことは、ご主人の仕事先、要するにどこかの交響楽団で受け入れてもらえるかどうかだと思います。これにつきましては、空約束はできませんが、履歴書や今までの演奏実績などを書いていただきまして、それを知人で楽団長をしている友人にわたしの手紙と一緒に送ります。その結果にもよりますが、一度東京へ行っていただいて、実演といいますか、〝実技試験〟を受けていただきます。ざっとこのような流れになるかと思います。真男くんの指導者については、わたしや知人と一緒になって良い人を探します」

実は、中村は東京にいる知人に対してかなりの下打ち合わせをしていたのだった。

京都から東京へ家族をあげての引っ越し、〝移住〟となるため、慎重に東京の友人へ話しかけを行っていた。そして、かなりの可能性があるとの判断により、中條家への提案となったのである。

百吉や晶子にとっては突然の申し出、これには一家の今後のありようにもかかわるため、すぐに返答しかねた。

「東京へ三人で移るということは、生活基盤をすべて……」

そういうなり考え込んだ。天井をみたり、外を眺めたり、視線は定まらない。

「しばらく考えさせてください。一家で移るということになりますと、わたしたちだけでは決められません。両方の親、親族とのこともありますから、ひと月、いえ半月ほどで決めたいと思います。それまでお待ちください」

それは当然のこと、予想通りの反応に中村は辞去した。どのような考えが出されようと、それには異論を言わないことを胸に決めた。

中村が帰って夫婦で相談しようとしたが、すぐには進まなかった。夫婦はしばらく沈黙した。どのくらいつづいたのだろう。この間二人はそれぞれのいままでの生活を振り返っている。これまでの人生を検証していたのかもしれない。とりわけ百吉は東京で仕事が得られるにせよ、ここで培った友人・先輩たちとの縁を半ば断ち切らざるを得ないことが心残りであった。東京と京都を往き来するのは容易ではない。向こうへ行って友だちはできるだろうか。真男のためにこれが良いことなんだろうか。不安は尽きない。

百吉の母親は涙して引き留めようとした。夫がまだ生きている頃、孫・真男のピアノに熱を入れていたのは充分に知っている。今や天才的才能をもっているらしいことも聞いている。しかし……。

「お父さんがあんなに突然にして亡くなり、下の娘は嫁いで、頼りになるのはお前だけなんだよ」

「……」

沈黙が続いた。すでに息子夫婦は決めているらしいとの気配を察した。じっとして〝空《くう》〟をみつめている。

「行ってしまうのかい、寂しいね」

涙を流している。母親は、まだ東京というものを知らない。遠い所、との意識が先に支配している。事実、遠い。涙を流している。母親は意外な言葉を口にした。

「東京へ行きなさった天子様は、いつになったら戻ってきなさるのかね……」

京都の人たちは、天皇陛下が東京へ行かれたのを嘆いているのだった。何かふと思いだしたようにロにする。東京と京都、あまりにも遠い。病気になって「ウナ電」(至急電報)を打ってもすぐには駆けつけられない。いつかはやってくる別離が少し早くきた、と諦めるしかないのだろうか。

真男の気持ちはいたって明解だった。

「ボク、行くよ。そこにはボクよりうまい人はたくさんいるんだよね。ボク、行く」

こうして周囲の「合意」をとりつけ、東京の楽団の試験も合格となり、住居は、中村の東京在住の友人が手配してくれ、一家三人は東京へ移ることとなった。

3

中條家の三人にとって、いや、真男の人生で大きな曲がり角に来たようだ。親族たちは、三人の東京行きに最後まで首を縦に振らなかったが、ついには折れた。真男の東京行きを夢みている姿に接して、反対できないように追いつめられた。幼い子の夢を壊すようなことはできないと感じた。

真男は汽車に乗るのは初めての経験である。十時間余りの汽車旅だ。まだ見ぬ「東京」、いったいどんなところなんだろう。これからの人生にとってどのようなドラマが待っているのだろう。わくわく感と不安と物珍しさ、いろいろなものが混じりあわさって、蒸気機関車に引っ張られた列車に乗った。次はいつ京都へ戻れるかとの不安感は、こと真男にはみられない。

発車してしばらく心地よい田園風景を眺めていた。汽車に乗ってどれくらいだろう、晶子は持ってきた弁当を広げた。

「もうすぐトンネルに入るからね。それまでに済ませましょう」

晶子は何回か乗っているため、大体の様子はわかる。真男にはその言葉の意味もわからない。

「トンネルって、何？」

その答えは食べ終わってほどなくしてやってきた。「ピー」との音が鳴るやトンネルに入ったのだ。黒煙をまともに受けた。長いトンネルを出て父母を見ると、顔一面が黒くなっている。ケラケラ笑った。トンネルに入る寸前に窓を閉めたのではあるが、隙間からの侵入は防げなかった。顔をタオルでふくと黒い煤がこびりつく。三等車の堅い椅子は座り心地は最低だ。時間とともに腰のあたりが痛くなってくる。

「この黒いのは、何？」

「煤《すす》といって、まあ、灰のようなものだ。一番前の機関車のかまどで石炭を燃やしているんだよ。この客車を引っ張っているんだ」

真男は説明を聴いてもすぐにはわからないようだ。やがて眠くなり、真男は母親の膝を枕のようにして夢の中へ入った。

何時間たっただろう。真男は目を覚ました。まだ汽車の中にいる。外は夜。窓には自分の姿が映っている。百吉は前かがみになって寝ている。時間とともに外は少しずつ明るくなり、景色ははっきりしてきた。真男にとってすべてが初体験。世の中が広がったようだ。トンネルに入る前に聞いた「ピー」との音、黒い煙、ガタンゴトンの音、あちこちの田園風景、集落だろうか、小さな家々の様子、海に波立つさまざまな景色、どれをとっても初めて見るものばかり。目を大きく開けて凝視している。小さな少年にはこれらのことはどのように映っているのだろうか。生まれてから長く住んでいた狭い社会から、東京という未知の広い社会へ移っていく不安感を、小さいながらも感じているのだろうか。やがて発したひと言。

「これがニッポンか、知らなかった。ニッポンにもいろいろあるんだ」

百吉も晶子もどう答えていいのか、すぐには良い言葉は見つからなかった。〝ニッポン〟の意味をどう捉えているのだろう。そこには真男なりに初めて乗った汽車から見たいろいろな風景、さまざまな音、海の近くを通っている時の波の動きなど、耳で聴いた音、あらゆるものをどう認識したのか、容易に察することは難しい。歳の割には尋常ではないほど感受性が発達している真男、長いこと外を眺め、ひと言発した言葉、

「さっきから考えたんだ。この蒸気機関車に乗っていろいろ感じたことを、近いうちに楽譜に書いてみたい。お父さん、行くお家にピアノはある？」

「あるよ、真男がもっと上手になるためにいくんだから」

真男はそれを聞いて、わくわくするものを感じた。

東京駅に着いた。ずいぶん長く感じた。それもそのはず、十時間以上も乗っていたのだから。

三人とも疲れ切っている。他の乗客も同じく、どこかどんよりとした空気だ。出迎えの人に連れられて新居へと急いだ。真男にとって、東京とはいかなる所か何もわからない。キョロキョロと周囲を見まわしている。京都とはまるで違った空気感が漂っている。言葉も違う。どこかぶっきらぼうでせわしいような話し方、八歳の子どもにもそのことははっきり感じられたようだ。家の前に立ってぼんやりと外の景色を眺めている。そう遠くないところに帝国大学があるためか、行きかう人たちのなかに角帽をかぶった学生を何人か目にした。真男には何の帽子か、異様に思えた。

家は隣近所に少し空地のある家が選ばれた。ピアノの音を気にしてのことであった。家財が搬入されるたびに晶子は場所を指定し、きちんとおさまると、まがりなりにも生活できるようになった。

真男が京都で使っていたピアノは百吉の知人に譲渡された。移動の長い道のりには耐えられないこともあり、〝新しいご主人〟に愛用されることとなった。こちらで使用するピアノは浜松の工場から運ばれてくる。新品だ。明日がその到着予定日、待ち遠しい。寸暇を惜しんでいるのだろうか、真男は真新しい畳の上で譜面を広げ、鍵盤を模した大きな紙を広げて指を動かしながら練習している。ピアノの感覚を錆びつかせないためでもある。

いよいよピアノが搬入され、据え付けられ、職人が鍵盤の端から端まで音を出して、黒鍵と白鍵とがきちんと作動し、音の出るのを確認した。真男は注意深く観察している。

「それではピアノを弾いてみてください」

待ってましたとばかりに、八歳の子どもが椅子に掛けて弾きはじめた。びっくりしたのはピアノ運送のおじさんたち。てっきり大人が弾くのだと思っていたから無理もない。椅子にちょこんと座るが、ペダルにはまだ足が届かない。童謡などを弾くのでは、と想像していた。しかし、ひとたびこの坊やが弾くと魔術師のように見事に演奏するではないか。いかにもプロのように。三人の中年・壮年のおじさんたちは真男の演奏に酔ってしまい、帰るタイミングを忘れたかのようであった。終わってハッとしたときは、一時間近く経っていた。

「坊や、すごいんだね。びっくりしたよ」

真男は照れくさかった。

「調律師さんは明日の午前に見えますから」と言い残して帰っていった。

その翌日、調律も終わり、いよいよピアノに向かっての練習が始まった。ここ何日かの空白を埋めるかのような熱心さであった。

京都の中村は音楽学校在職中の知人を通じ、東京への転居が決まるとともに、真男の新しい指導者を選ぶべく奔走しており、東京でのピアノ界の重鎮とされている北村聖賢に白羽の矢が立てられた。月に二回、家へ出向いてくれての指導である。月謝は決して安くない。百吉はいっそう働かねばならなかった。

第一回目に真男の弾きっぷりを聴いた時、北村はこの坊やはなんというやつだ、ただ者ではないぞ、驚きがふつふつと沸いてきた。教えがいと怖さとが入り交じったのが第一印象だった。

「真男くんは、いくつからピアノをやっているの？」

「はい、三歳のころからです。おじいちゃんに教えられました」

それを聴いていた晶子は、もっとはじめは自分が教えていたのに、無理やり義父が指導権を取ってしまったと言いたかったが引っ込めた。

北村は真男の祖父・中條貞次郎という名前はどこかで聞いたことはあったが、この年齢でここまでできるとは、さぞ指導方法は良かったのだろうと感じた。三歳といえば、まだ大人の言うこともよくわからないだろう。どのようにして教えたのか、大いに関心をもった。

暗譜で弾ける曲をいくつか演奏させた。北村はそのそばで楽譜をじっと追った。そのためか定められた練習時間はずいぶん超過した。積まれていた楽譜のかなりのものが演奏された。それからは一回ずつの課題を出され、それらを着実にこなしていくよう指示された。

真男は小さいながらも東京へ来たのだから、なにか新しいことをしたい、と考えている。〝新しいこと〟が何か？　どういうことかはわからないが、京都から東京へ来る汽車の中で経験したはじめてのいろいろなことがそのように思わせたのかもしれない。

五線紙とにらめっこしながらピアノを弾き、何かに取り組んでいる。晶子は、覗き込むと悪いと思い、少し離れた場所から様子を窺った。

「真男、何か新しいことでもしているの？」

「うん、こないだ乗った〝汽車の想い出〟だよ。ボクが初めて乗った汽車、想うことがいっぱいだったからね。汽車が発車する前のボーっという音、トンネルに入る前の汽笛、ガタゴトという音、あの黒い煙、煤で顔が黒くなり、びっくりしたものだから。そして窓から見えるいろいろな景色、あぁ、これがニッポンなのかと思った。ボクがそれまで知っていたのは、京都という所しか知らなかった。ほかにもあったんだ。忘れないうちに音楽にしておこうと思ってるの」

真男の感性であの汽車の中の十数時間の見聞をどう捉えるのだろうか、窓から見た田畑や山河などの景観をどう表現するのか、楽しみだ。

一週間ほどその作曲に集中していただろうか、できた曲『ボクの国、ニッポン』。北村に見せた。一度見、もう一度見た。

「これを弾いてごらん」

聴きながら感心している。以前に創ったという『池のほとり』よりも進化し、音楽的センスも増しているようにみえた。十分余りのこの曲には〝詩〟といってもいいような要素がちりばめられている。

北村はかねてから演奏家の実力は、人前で演奏することによって向上すると考えている。失敗は失敗として包み隠さず正直に経験させる。年に一度はそういう機会をつくれるようにしている。演奏者が足りない場合は知り合いの先生と組んでの合同発表会だ。金額の多寡にかかわらず有料にし、何百人と入るホールを借りてのことだ。お客さんはお金を払って聴きに来てくれている。いい加減な演奏はできない、と演奏者にプレッシャーをかけることにより、それを刺激にしていくのが狙いだ。

北村門下生からは真男も含めて四人、もちろん真男は最年少。今回は音楽学校のピアノ科教授・久保田みどりと一緒にすることとなった。互いにどちらが優秀な生徒をもっているか、見えない所で張り合ったりもしている。久保田の方は現役の生徒ばかりだから、八歳の真男は際立った若い存在だ。

久保田の方針として、ピアノ専攻の上位四割ほどの優秀者を自分の指導生徒として受け入れ、それ以外のものは他の教員、たとえば非常勤講師などに押し付けたりしている。そのことが何年か続くと、「優秀なものばかりを採って」との陰口とひんしゅくを買ったりもしたが、それでも「自分は少数精鋭で優秀なピアニストを育てるのだ」と譲らない。自分の〝哲学〟といえるものさえ感じさせる。殊にドイツ留学から帰ってこの傾向が増してきたように思われる。互いに指導者間の目に見えぬ競争となること、必至だった。発表会のたび、久保田はどうして自分が真男の指導をできるようにならなかったのか悔しがった。ときには妬み心も持っている。その妬みは久保田の生徒によって引き起こされた。真男が音楽学校へ来ているとき、付き添っている晶子の目が離れると、二、三人の生徒が寄ってきては「おい、半ズボンの坊や」と蹴ったり、こづいたりして悪戯をする。真男ひとりではなんの抵抗もできない。晶子の気配を感ずるやニコニコ顔に変わり、何ごとともなかったことにする一方、真男にはあったことを母親に言わさないように仕向けた。他の優秀な生徒たちからは嫉妬心をもってみられている。発表会ではいつも真男が上位の成績をおさめ、拍手にも一番熱がこもっていた。

北村聖賢が真男のピアノを見るようになって半年、何もしていないときはほんの坊やであるのに、ひとたびピアノに向かい、奏でるや、並外れた音楽的センスに溢れていることを実感するにつけ、この子は普通の子ではない、何か大きなものを秘めているに違いないと、いっそう思うようになった。これを伸ばすために、これからも多面的に挑戦させようとしている。

手は母親の「大きくなーれ」の掛け声運動の成果かどうかはわからないが、同年齢の子よりは大きかった。子どもとしての身体的成長よりピアニストとしての方が目立っていた。身体的発達とピアニストとしての成長は見事にアンバランスでもあった。それは生まれてからの家庭環境によるものか、この並外れた才能は、両親、祖父ともに音楽家という肥沃《ひよく》な土壌の下で育てられたものだろうか。

九歳ころになるとピアニストとしてさらなる高みへと登り、ベートーヴェンのソナタ、リスト

『ハンガリー狂詩曲』など、およそピアニストなら多くの人が挑戦してみたくなる作品、これらに取り組みたいと言った。その挑戦を実現できる練習方法をたてねばならない。

「ベートーヴェンのソナタ、やりたいんだな？」

「はい、やりたいです」

きっぱりと言った。

「そうか、ベートーヴェンのソナタ、三十二曲のなかでも有名な八番『悲愴』、十四番『月光』、二十三番『熱情』は三大ソナタ、と言われている。その他に二十一番『ヴァルトシュタイン』、十七番『テンペスト』、二十六番『告別』と、どれも難しく、また味わい深いものだ。たくさんの人が一度はこれらの曲を弾きたいと願っている。人に〝聴かせる〟ように弾くには、たくさんの努力がいる。わかっているね。それから注文だ。ピアノをしていないときは、文学作品を読みなさい。小説や詩などから感情を受ける。これは演奏者にとって重要なことなんだよ。ピアノ以外の世界を知ることだ」

言ってからしまったと思った。まだ八歳なのに「文学作品」とか言ってもわからないだろうに。でも、「文学作品って、何？」との聞き返しもなかった。なんといってもまだ若いというか、幼い年齢の真男に対し、社会的経験を音楽の肥やしに、と思うのは無理なことである。それであればなおのこと、青少年向けの物語を読ませることが必要だと思った。それが演奏に〝幅〟や〝厚み〟をみえないところで持たせることになるだろうと思った。

真男は北村の助言を聞いて思いだした。

そういえば今よりもっと小さかった頃、母と一緒に読んだ物語は楽しかった。

「お母さんと相談してみます」

意外と素直なのにびっくりした。

それにもまして、真男はまるで高度なピアノ曲を上手に弾きこなすことが、天から与えられた使命でもあるかのように思った。北村は、こと音楽について話すときには、子どもとの感覚でなく、ひとかどの〝大人〟に対するようになっている。いや、子どもとしてみると、何か物足りないものが感じられることがある。

音楽学校の講堂では学生に交じって演奏する機会が時どきあった。いろいろな機会をとらえて弾くようにしている。家での練習では物足らず、いわば他流試合に行くような心地でもあった。ハイドンの協奏曲であったり、十歳になる前にはシューマンの協奏曲も弾いた。なかでも特筆すべきは、ベートーヴェンの協奏曲を演奏したときだった。大人たち、音楽家、あるいは音楽家を目指している人たちの心をがっちりつかんだ。これが噂に聞いていた〝半ズボンの少年〟か、との思いである。

いっぽう、このような真男の実力、称賛の眼差しを向けられると、まだ未発達の若い少年を〝天狗〟にさせるには事欠かなかった。日常的な指導面においては北村聖賢の言うことに従っているが、他の音楽家の助言や批評などには物おじせず、耳を傾けなくなってしまった。ときには忠告を聞くふりをしながら、その実、何も聞いていない、頑固なまでに自負心と独立心をもつようなってしまった。

真男の音楽的才能は専門家のみならず、愛好者といわれる人たちの間でさえも高く評価する人が増えてきた。認知度が上昇していくのにまるで比例するかのように、家庭内での扱いも変わってきた。今や家族の中心的存在となりつつあり、とりわけ母親は、真男が音楽的活動や知的能力を伸ばすことに精力を集中できるように家庭環境を整えていき、子どもの甘やかしは止まらない。外に出ては同年代の少年たちと遊び、泣いたり、泣かされたりというような、子どもとしての社会的経験はみられない。純粋培養のような少年は、一歩外へ出ると子どもたちからからかわれることとしきりである。その結果どんな人間になっていくか、晶子の眼中にはなかった。ただ音楽によって有名にさせたい、の一心である。

ある日、音楽学校へ演奏しに行くというので、良い服を着せていこうと、着替えるように渡した。五分、十分たっても着られない。しだいに泣き顔になってきた。

「いったいどうしたのよ。こんな服くらいすぐに着られるでしょ、しっかりしなさい」

しばらくしてみた服はどこか変……。

「あなた何をしてるの、ボタンのはめるところが違っているじゃないの、三番目のところへ四番目のボタンを掛けたりして。だから服が膨らんだりするのよ」

晶子は真男の、〝不器用〟を通り越してまるで駄目なことにびっくりした。

食事時にも魚の骨が選り分けられない、ご飯をよくこぼす、家の用事を言いつけても何もできない。両親は音楽的才能とのあまりの乖離《かいり》にただ驚くばかりであった。しかし、この責任は両親の過保護によるものであることは明らかであるのに、気がついていないようだ。

日常の行動においても、感受性の強さが目立ち、女性的な面が見受けられ、男性的というか、肉体的なたくましさ、猛々《たけだけ》しさはひそめている。音楽という〝内面の心〟ばかりを追求していることによるのだろうか。あるいはたまには外へ出て思い切り遊ばすことをしなかったつけかもしれない。

今や音楽家たちの間でさえ、真男は〝神童〟との評価が固まってきつつある。

いっぽう、月日とともに晶子には、純な心ではない思いが芽生え、膨らんできた。真男をこのまま〝天才児〟として売り込めば、名声とともに〝富〟にも反映してくることに目が向いてきた。事実、新聞で取り上げられるや、音楽事務所から、ご家族を招待して食事会をしたいとの申し出があり、二回ほど受けたが、百吉は反対に、そういう場での目先の見え透いたおだてと甘言には気分を悪くし、以後は消極的態度をとることにした。何故ならその誘いと会話内容から、売名的、商業的な臭いが感じられたからであった。それでも晶子は真男が有名になるのなら、と事務所との関係を続けたかったようだが、百吉の反対でそれからは音楽事務所から遠のいた。

晶子は若いころ音楽学校を卒業してしばらくは伯父の家に世話になり、なおもピアノを続けていた。かなり優秀であったらしく、将来は音楽家から芸術家の域まで進みたいと夢をもっていたふしがある。卒業時の指導教員からは高く評価されていたのを知っていた。それを父の強引な結婚話によって止めざるを得なかった心残り感がある。結婚してからは妊娠、出産、育児に追われる毎日となった。自分の夢を砕かれたとの無念さを、まだ若き息子に代理的にかなえさせようとしているのかもしれない。それに呼応するかのように、こともなく無批判に甘やかし、ときには迎合するような教師・音楽家たちには不快な気持ちを抱いた。真男にもはっきりと言った。

「お母さんはね、真男の演奏はただ素晴らしいと、何でもかんでも受け容れるような人は信じられないの。そりゃ、大事な息子ですもの、褒めてくださる方はありがたいわ。けれども、無批判なのは駄目。そこにはきちんとした裏付けをもって批評してほしいのよね。筋の通った辛口批評には大いに学ぶところがあるからね」

真男は母の言うことをじっと聞いている。それもそうかもしれないなと思った。

真男が出かける時はいつも、母親の同伴となる。まだ小さいことに加えて、演奏先の、あるいは仲介者の人間を見ておきたい思惑もあった。晶子は演奏の申し出に対し、いつの日か腹の内でソロバンをはじくことがあった。この演奏に出せばいくらとか、口には出さなくとも何回かの言動でおのずと察せられることであった。

十歳になるころには、真男はそんな母親の富への想いよりも、これから先も音楽によって生活を送りたい、音楽、とりわけピアノを演奏していくことは〝天職〟とも自覚するようになってきた。これが〝生き方〟であり、富や収入の手段・目的とは感じていなかった。というより、この歳ではそこへ意識が行くことはまだ考えられないことでもあった。生活をしていく手段ということについては、まるで考えるには至らなかった。年齢を考えれば当然のことである。

晶子の実利的な考えと、真男の純なまでの考えは合わないこともあった。悲しい曲は特に弾きたいとは思わないし、そのような曲を書きたくもない。人間には陰と陽の両方あることがまだわからない。人生経験のまだ浅いことによるのか、要は悲しい曲への忌避ともみられる傾向がある。人生というものは、〝悲しみ〟を乗り越えた先に〝歓び〟があるとの想いにはまだ至っていない。

祖父が生きていたならば、人生のいろいろな側面について、それとなく語ってくれただろうが、晶子にはそのようなことはなかった。生まれたときからの〝お嬢さま〟で育ったことにもよるだろうか、内面や生き方はそう簡単には変えられない。およそ人生の苦しみ、悲しみについて家族からも周囲からも聞かされることなしに育ったためでもある。

真男が音楽家たちの間で有名になり、一般の人からも「名」を知られるようになると、家族にも少しながら影響が出てきた。交響楽団でヴァイオリン奏者として活動している百吉は、入団したときはヴァイオリン仲間の三番手であった。それなりの実績と評価は積み重ねてきたのだが、息子の名が団員の間でも知られるようになると、周囲の見る目が変わってきた。

「中條さんのご子息、ご立派ですね。この前、聴きに行きましてね、あの歳で見事ですよ」

「いや、それほどじゃないですよ。まだかけだしですよ」

謙遜しているが、実際は嬉しかった。

それからほどなくして、楽師長（コンサートマスター）が空席になった。このポストは第一ヴァイオリンの首席奏者がつくことになっており、指揮者の次に位置する者で楽団員を代表し、束ねていく責任があるポストだ。後任を誰にするか、指揮者と楽団長は悩んだが、ちょっと脳裏に真男のことが浮かんだ。息子がピアノで〝神童〟、売れる、と思ったのかもしれない。それからというもの、百吉の就任へ向けての伏線がはられ、正式に発表となった。

東京へ来て真男の評価は高まり、交響楽団との共演にも引っ張り出される機会がちらほらでるようになった。こちらでは音楽を専門としている人たちの層は厚く、競い合うことも多くなった。そのなかで若い音楽家たちで活動している交響楽団から共演の話が舞い込んできた。曲はチャイコフスキーの『ピアノ協奏曲第一番』だった。真男の好きな曲で家では何回か弾いているが、今度は交響楽団との本格的な共演であるため、身を引き締めて練習した。それは北村の指導にも表れている。その指導方法は緻密で、京都での中村よりも数段厳しかった。

第三楽章までおよそ三十五分に及ぶ大曲である。晶子もこの曲を弾くには相当エネルギーの要ることは承知している。前日には牛鍋をして牛肉をたらふく食べさせた。

本番終了後、万雷の拍手は鳴りやまなかった。楽屋へ戻り、両親と抱き合って喜んだ。指揮者からも称賛の声とともに抱きしめられた。

「いやー、楽団ともぴったり息が合い、真男くんの演奏は見事なものでしたよ。人の心をぐっとつかんだ。将来はきっと大物ピアニストになるでしょう。ご両親におかれましては、これからもしっかり見守ってください」

しかし、この言葉が真男にとって良くないことをもたらすとは想像できなかった。それは〝おだて〟となり、もはや「天狗」になる要素を注入されていたのである。

晶子も、ここまでくればかつての自身の実力をかなり上まわっていることを悟った。

今までにもまして真男は人びとの注目を引くようになり、会うのは同年齢の遊び仲間ではなく、大人の音楽家であることが多くなった。評判は人から人へと伝わり、才能が抜きんでているばかりに、同年代、あるいは少し上の仲間からは疎《うと》んじられ、何故あの〝坊や〟が、の意識が目立ち、ときには表面にも出るようになった。他の仲間からは陰に陽に煙たがれ、避けられることが多くなった。小さいころから外へ出て元気よく遊ぶ子ではなく、性格的にはどこか偏執狂的で、鬱屈し、傷つきやすかった。音楽仲間のなかで、自分より能力の劣るとみられる人にはその風当たりは許せないものがあった。

ある日、母と一緒にオペラを観劇していたとき、歌手の音程がおかしいといってつぶやきだした。最初のうちこそ独り言のように言って周りに聞こえる程度であったのが、だんだんと声は大きくなり、ついに「違うんだ、違うんだ！」と叫び、周囲の人たちを驚かせた。母は急いで連れ出したことは言うまでもない。この時は小さな被害で済んだ。

家に帰って晶子は、先ほどのように無遠慮なことはしないようにこんこんと諭した。だが結果的には少しの間しか効かなかった。

それからひと月ほどして、やはりオペラ観劇中にテノールとソプラノ歌手のはずれた音程に辛抱できなかったのか、立ち上がって大きな声で指をさして責め立てた。これにはさすがの観客も怒りだし、舞台上では騒ぎになり、演奏は中止に追い込まれた。ソプラノ歌手はその場で泣き崩れ、なだめるのにひと苦労した。

「わたしの歌がそんなに駄目なのですか？　これでも精一杯しているのです。どうしてくれるんです。こんなのはじめてだわ」

歌手が泣き叫んだ。

女性歌手は、騒いだのはてっきり大人だと思っていた。子どもだと知ってびっくりしたのはいうまでもない。

「あの人を、私を侮辱したあの子を懲らしめてください」

指でさして、憎しみを込めて叫んでいる。

晶子は恥ずかしくなった。とりあえず真男を座らせ、静かにさせた。収まりのつかないのは、観客と出演者たち。客席のあちこちでブーイングが起こり、真男を責め立てた。

「あいつのせいで台無しになった。ワシらは楽しんで観てたのに、どうしてくれるんだ。お前の自己満足のためだ。おまえはいったい何様だ！　つまみ出せ！」

「いや、つまみ出すだけでは駄目だ。我々は高い金を払ってきてるんだ。カネ返せ！」

ほうぼうから飛び交ってくる矢を前にして、はっと真男は自分のしたことの愚かしい行為に気がついた。なんということをしてしまったのだ、頭はすっかり混乱している。もはや取り返しのつかないことに恥じ入った。どうすればいいんだ、両手で頭を抱えた。劇場の責任者がやってきた。

「とりあえず事務所まで来てください」

腕をつかまれるようにして連れられていった。晶子は顔を隠して、まるで犯罪者の同行人のようであった。百吉にもすぐに伝えられ、飛んできたのはいうまでもない。

「どうしてこんなことになったんだ。騒いだりして」

言うなり、鉄拳を食らわした。真男はよろけて倒れ、涙を流している。

「お前が演奏中に誰か訳の分からん客が騒いだらどうなるか、わかるだろう。ピアノが上手なだけではだめなんだ。しっかりしろ」

祖父から厳しく教えられたことが影響しているのかもしれない。なにごとにおいても中途半端は許さない、練習においても常に厳しかった姿勢が胸のうちに入り込んで、自己に厳しいと同時に、他人にも厳しく感じたのだった。

百吉はしばらく頭を抱えた。この事態をどう収拾するか、劇場や各方面へ謝罪と償いもしなけりゃならん。頭の中は混乱の極みに達している。何からどう進めればいいのかさえ、思いつかない。

翌日の新聞では大きく取り上げられた。

事実の報道と評論家二人の談話が掲載されている。どれも真男の行為を厳しく非難する内容ばかり。それもそうだ、客たちは限りなく〝楽しみ〟を求めてきたにもかかわらず、前代未聞の後味の悪い気分で帰ったのだから。その当事者がまだ若いピアノの神童と称されているものだから余計に反響は大きい。

ピアノの家庭教師北村聖賢は、この新聞記事を見てびっくりした。しばらく黙って考え込んだ。信じられないことだ、いったいどうして？　時間はどれだけ経っただろう、ふっと頭の中をよぎった。自分が真男に教えてきたのは、極端に言えば、ピアノの〝演奏技術〟ではなかったか、そこに〝人間の味〟を加味してこなかったのではないだろうか、幼少期から神童の誉れ高かったがゆえに、大きな失敗や挫折なしに育ち、ちやほやされることに目が向き過ぎていたのではないか。この一端の責任は、もしかしたら自分にもあるのかもしれない。音楽を学ぶということは、音楽を極めるということは、究極は人間を探求することなのかもしれない、ということを。自戒の念を込めてこれから学生や真男とも接し、目に見えぬ人間教育をしていこうと心に決めた。そしてある言葉を思いだした。〝狂気と天才は紙一重〟、まさにこういうことだと思ったが、今はこんな言葉ではすまされない。混乱している事態を鎮静化しなければならない。真男の関係者としても。

この事件の後始末は、かなりの痛手を被った。

客への入場料金の返金、楽団への弁償、その他を含め、百吉は金の面で各方面へ掛け合い、相当のエネルギーを使った。自身は一年分の収入に見合うくらいの負債を負い、これがため、心の落ち着かない日々を過ごした。真男に対しては『謹慎』を申し渡し、何故、あのようなことをしてしまったのか考え、心の底から反省するように厳命した。ピアノに関してはもっぱら北村先生に任せていたのだが、それで良かったのかじっくり考えてみよう。親としてのいままで以上に責めを果たせるように。

あの無作法な行為は、いったい何がそうさせたのだろうか。真男の実力が増して来るにつれ、若い演奏者の力量では物足りなさをもつようになったのではないか。何よりも自分の実力を過信した結果ではないか。いずれもあの行為に至ったはっきりした原因は特定できないが、両親はなんとかして心の内奥に切り込み、二度と起こさせないように心配りをしている。いや、しなければならなかった。

北村は静かに、深く考えた。真男があまりにも純粋に音楽について追究するがゆえに、感傷やお世辞ではなく、あの場で中途半端が許せなかったのか、完全性を求めすぎたのかもしれない。こと音楽に関してはこの歳にして過敏ともいえる感受性をもっている。北村はかねがね思っている。ピアノを弾くことは、心が伴っていなければならないことを。〝心で弾く〟といえるくらいだと。単に演奏技術的に上手に弾けることではなく、聴いてもらっている人に心が通じなくてはならないと、これは信念のように持っている。だが、真男にはそのことを心と心でつなげていくことはできていなかった。演奏が間違いなくできることではなく、〝絆〟を伝えることはできていなかった。

後始末に要した経済的負担は並々ならぬものがあった。晶子は苦しくなった家計をなんとかやりくりしている。百吉は〝副業〟にも影響し、好きだった酒を止めた。しかし、もっと目に見えるものとして真男が気付いたことは、夕食時の「おかず」が少なくなったことである。前よりも一品少ない。何も言えず、涙をこらえた。育ち盛りの子どもにとって深刻な、しかしいかんともしがたい家計の現実がのしかかっている。改めてあの行為の残酷さを身に染み込ませられた。

この事件があってしばらく、そう、少なくとも三ヵ月ほどはどこからも演奏依頼は来なかった。両親以外に話しかけてくれるのは、北村だけとなった。寂しさが募ってくる。両親も以前よりどこか対応が変わったように見受けられる。もう二度とあのようなことはさせない、今度あればもう音楽の世界では生きていけないほどの結果をもたらすことになるだろうことは、百も承知している。そのうえ百吉の仕事にもよくない影響を与える可能性さえあった。

真男は紛れもなく天狗になっていた。

北村はそのことはわかっていた。そのように真男を増長させた一部は、ピアノ教師として月に二回ではあるが接している自分にも責任がある。北村は心を痛めた。自分が教えている音楽とピアノ、その生徒が同じく音楽を仕事としている人に多大な迷惑を及ぼした。どのように自覚させ、改心させるか心を悩ませている。

真男の周りに漂っている空気は、どんよりとして重い。家族と北村以外はすべて〝敵〟のような眼で射竦《いすく》めてくる。一歩外へ出ると誰も構ってくれない。大人から子供まで異邦人のように思えてならない。外へは出づらくなっている。まるで外部世界から遮断されているようだが、これは真男自身が招いたことである。

あるとき北村は二冊の本を真男に渡し、読むように勧めた。といってもまだ小さい少年のため、読める漢字は少ない。それでもたとえ二頁でも三頁でも読んでくれればいいと思った。今の時期、どのように過ごすかが問題なのだ。その本はベートーヴェンの伝記だった。彼の作品は何曲か弾いているが、〝その人となり〟についてはほとんど知らないだろう。北村もまとまっては話してこなかった。ベートーヴェンは、その生涯はけっして幸福だったとは言えない人である。貧乏と借金、内臓疾患、とりわけ腸の病気、そのうえ作曲家にとって致命的な難聴になり、筆談で事をしのぐ日々でもあった。いずれも致命的なものばかり。苦難の日々は自殺を考えるまでに追い込まれ、ついに『遺書』を書くに至った人物である。今までベートーヴェンの曲はいくつか弾いている。名前は覚えているはずだ。

今の真男にベートーヴェンの伝記を読みなさい、と言ってどう感じるか、あるいは読もうとするかさえ、わからない。読む意思があれば、字が解らないと母親に教えてもらうこともできる。ここは真男自身が自分についてまだ若いながらも、どのように思っているか、試金石だとも考えた。やがて「謹慎」が解かれ、音楽界に再び足を踏み入れられるようになったとき、どのような変容をきたしているか、わからない。

真男は本を手に取り、頁を繰ってつぶやいた。

「ボクはこの人の曲をいくつか弾きました。けれどもどんな人かは知りません。知ればこれから弾くピアノにもきっと何かがあると思います。ボクの知らない字がたくさんあるみたいです。わからないのは、先生、教えてください」

素直な心だった。北村は思った。もともと知識欲の盛んな子だ、読もうとする意識さえあれば、難しいことではないだろう。

それ以後、何回かのピアノ授業では、演奏よりも北村との師弟対話が中心となった。直接音楽とは関係しない話題ではあっても、二人が心を打ち明けて話すことが大事なことでもあった。それからひと月ほど経ったころだろうか、真男から謹慎以前の明るさで話しかけられた。

「ベートーヴェンってすごく苦労したんですね。ボクは苦労と言えること、何もしてません。服は着せてくれるし、靴のひもは結んでくれたり、食事どきには口まで運んでくれるし、何もしなくても全部、お母さんがやってくれるのです。ほかの人からみれば、甘やかされて育ってきました。この本を読んで、そんなことで良いのか、と思いました。いえ、もっと大事なことは、あのいろいろな苦労の中でも負けず、素晴らしい曲を書いていることです。ボクはまだ小さい。でもがんばります」

北村はこの少年が受けている家庭での甘やかしに閉口している。これからどのような人生を送っていくのか、ハラハラし、いろいろな障害を乗り切っていけるだろうかとの危惧の念を抱いている。真男に聞くと、北村が渡した本を読むために、わからない字は母に「これ、何て読むの？」しばらくして「どういう意味？」と次からつぎへと問いを発していったという。感心なことに、教えてもらった言葉をノートに書き写し、自分なりの「辞書」をつくっていたことである。少年は目を輝かせて報告した。

「先生、これだけ言葉を勉強したよ」

みるとその数は百ほどにもなっている。そのなかには北村でさえ自信をもてないものもあり、真男の知的好奇心に驚いた。自らの努力と周囲からの誉めそやし、その結果としての過度ともいえる自信と知的好奇心が日々交錯している。

北村は「伝記」を渡し、読むように諭したのには今後に向けての大いなる意図があった。

「真男くん、作曲家の書いた曲を演奏するには、単に譜面どおり正確に弾くだけでは駄目なんだよ。もちろん、正確なことは要求される。でもそれだけでは決して充分とは言えない。それじゃ何が必要か。たとえばベートーヴェンの曲について考えるとき、彼はドイツのボンという所で生まれた。そこはライン川の流れる有名な〝ライン地方〟といわれる田舎町だった。生まれたのは一七七〇年だ。お父さんは宮廷楽師をしていた。〝宮廷楽師〟というのは、宮廷の、いわば王様のいるところ、そこのおかかえ音楽家といえる。おじいさんも音楽を仕事としていた。幼くして才能をみいだされて育った。ボンで幼少期を過ごし、二十歳ごろ、たしか二十二歳の時にオーストリアのウィーンに渡り、それ以後人生のほとんどをウィーンで過ごしている。だからベートーヴェンには祖国ドイツ、ボンの血とウィーンの血とが両方流れていることになる。もし、ドイツだけにいたなら、また別の方向に行っていたかもしれない。亡くなったのはウィーン。今もウィーン中央墓地に埋葬されている。毎年多くの人が訪れ、偉大な音楽家を偲んでいる。

ベートーヴェンの曲を演奏するとき、彼の生涯や想いというか人生を思いだしてほしい。そしてある曲がどこで、どんな時に作曲されたか常に思い返してほしい。それは他の作曲家についてもいえることなんだ。そういうことは譜面のなかには一つも書かれていない、あるのは、音符や記号だけ、そこから作曲家の意図というか、その曲に対する想いをどう汲み取るか、演奏者に課せられた大きな課題だよ。〝音楽は二度生まれる〟という言葉を知っているかな。一度は作曲者が曲想を譜面に起こし、まさに新しい曲を〝創る〟という行為。それともうひとつは、それを演奏することによって聴く人に感銘を与えることなんだよ」

真男は北村から「伝記」を読むように言われたのには、そのような考えがあったのかと思った。

「ベートーヴェンの作曲した曲、これらはドイツのボンとウィーンにいたからこそできたのだと思う。ちょっと難しいようだけれど、ベートーヴェンは、ドイツとオーストリアの歴史、社会の中で育まれ、そこにベートーヴェン独自の感性、生への情熱等があわさって誕生したのではないかと思う。真男くん、ニッポンには古くから〝日本の音楽〟があるだろう、雅楽や民謡やその他のもの。それらもニッポンの土壌の中で育てられたんだ。ベートーヴェンは一八二七年三月二十六日、五十六歳と三ヵ月の生涯を閉じた。大きな、大変なドラマに満ちた一生だった。葬儀はウィーンはじまって以来といわれる壮厳な葬儀の列、たいまつ行列が延々と続いたと、伝えられている。それくらいの人物だったんだよ」

北村の話を聴いてあの本をもう一度読み返してみようと思った。前とは違った感想をもつに違いない。

あの事件から三ヵ月ほど経った。人の噂も七十五日といわれる。その言葉を裏付けるように、だんだんと人びとの記憶から遠ざかっている頃だと思い、北村は音楽仲間に非公式な場所での演奏ができないか、おそるおそる話を切り出した。人びとの受け止めは分かれていた。あのとき偶然にも真男の隣に座っていた友人は、

「あの猛り狂ったような少年というか、ちびっこの姿は忘れられませんね。いきなり立ち上がり、大きな声で叫ぶ、人の失敗は許せない、そういう気持ちが出ていました。威勢のいい、しかし、間違った正義感でしょうか。一緒にいた母親と思われる人はハラハラしていました。わたしには理解できません。あれからあの少年はどうしたんでしょうね。あの騒ぎをどう思ったのか、何か反省をしたのだろうか、彼の口からは伝わってきませんね」

別の人はまたニュアンスの異なった捉え方をしている。

「あの少年の、不満足な演奏は許せない、とも受け取れる傲慢な振る舞い、もちろん、舞台を台無しにしたという点では責められるべきですが、あのように言える自信は立派だよ。行った行為は非難されるべきだが、あそこまで自信に溢れているとはあっぱれだ。今だから言えること、あのときはなにくそー、とかっかしていたがね。人間的観察をしてみたいね」

衝撃的だったのは、真男の叱声によって中断された時のソプラノ歌手の親戚の方だった。

「姪の歌声を聴いていて、あの子の小さい時から知っている者として、ずいぶん成長したな、と思っていたとき、突然にあの事態でしょ、びっくりするやら仰天するやら、あの少年が憎くて仕方なかったです。あいつの席へ行って殴ってやりたかった。まだ少年の分際で晴れの舞台を壊した奴ですから。姪のあの日に向けてものすごく熱の入れた練習ぶりを見ていましたからね。衝撃から立ち直るまでにどれくらいかかったでしょう。慰めたり、どうしてこんなことに……と憤怒に燃えました。今では平静になったようですが。でもふっと思い出すそうです。それからというもの、また舞台へ立てばあのようにぶち壊されるのではないかと不安感が拭えないのです。精神的ショックは相当なものです」

その場に居合わせた人たちからは、真男がサロンで演奏することについては反対は出なかった。北村はあの事件がいかに人の心を傷つけたか、改めて知った。しかし、時間的経過だろうか、〝時〟が平静な空気をつくり、怒りの心情をいくぶん、やわらげられる状況になりつつあるのをみてとった。

それからひと月ほどして、北村たちの会合で真男のピアノ演奏会が催された。あの事件に対する謝罪の念はどこかに表れているのだろうか、素振りや演奏内容も見てみたい。真男は年配の人たちばかりであるのに少し足がすくんだ。ここにいるのはいずれも音楽の専門家と聞いている。北村先生が〝ある想い〟で呼んでこられた方々。

真男はベートーヴェンの曲「三大ソナタ」をプログラムとして希望した。

ピアノ・ソナタ第十四番　嬰ハ短調　作品二七『月光』
第八番　ハ短調　作品一三『悲愴』
第二十三番　ヘ短調　作品五七『熱情』

北村は、これらの曲はもっと経験を積んでから、いつかはやらせようと思っていた。今弾くのは〝背伸び〟の感もある。真男は北村の逡巡している様子を打ち消すようにきっぱりと言った。

「先生、やらせてください」

この言葉を聞いて北村は折れた。そこまで言うならやらせてみよう。しかし、指導している自分の名誉にもかかわる。それからの指導はきびしかった。

ベートーヴェンの曲を選んだ理由は、前に北村から彼の伝記を二冊渡され、わからない字を聞きながら読んだことにもよるのだろう。親近感が沸いている。ベートーヴェンの生涯とこの作品とをどのように結び付けられるのか、心情を聞きたいが答えるのは難しい。弾いているあいだ、つい数ヵ月前のことを思いだした。あの非礼な行為は許してもらえるのだろうか、この三曲を精いっぱい弾くことにより、誠意を伝えようと思った。

お客さんたちは目を閉じながら聴き、真男は懸命に弾いている。終わって大きな拍手と「よくやった！」と声を掛けられ、何よりの大きな励ましになった。音楽家たちは、ほんの少しでも〝赦す〟気持ちに心は動いただろうか。

ある参加者は北村に語った。

「例の謹慎期間中も練習をしていたんですか？」

「いえ、ベートーヴェンの伝記を二冊渡し、これを読みなさい、と勧めました。まだ小さいため、読みきれないだろうとは思っていました。ベートーヴェンの曲は知っていましたので、すぐに興味をもったのでしょう。知らない字は母親に聞き、二冊とも読んだといってます」

「そうですか。北村先生の指導方針が、彼の心をぐっとつかんだのですね。でも、彼の心を開かせるのは、難しかったでしょう」

大人の世界でいえば〝禊《みそぎ》〟が済んだというのか、この演奏会が終わるや、演奏の依頼が来るようになった。

北村は伝記以外にも幅広く読書するように勧めた。日本の古くからの物語などを集めた本、なかでも『古事記』や民話の類なども情操を高めたいと与えた。とりわけ『古事記』は日本創世の神話を描き、想像力たくましく書かれている。音楽をする者は、けっして音楽だけに凝り固まってはいけない、というのが北村の持論であった。

第二章　時代の波の中で

真男はやがて青年期を迎えた。

多感な年ごろだ。数年前までは音楽のこと、それもピアノのことしか興味がなかった。およそ社会的な動きなどには関心を向けずに生きてきた。しかし、今は一歩外へ出ると不穏な空気が渦巻いていることを知っている。重苦しい空気だ。確かに世の中の何かがうごめいている。いったい何だろう。

北村から渡された本を読むようになって漢字を覚え、文字を読む、という行為に目を向けることにもなった。学校での義務化された勉強ではなく、音楽という自分の領域を向上させるための読書であった。その結果か、以前にもまして新聞を手にすることが多くなった。

「お母さん、新聞にはいろんなことが書いてあるんだね。毎日毎日、どこで何があったとか、世の中って本当に不思議だ」

晶子は日々成長していく我が子に期待感を膨らませている。それはピアノのみならず、社会の断面について関心をもちはじめたことでもあった。

真男が新聞に毎日目を通すようになったころから、いや、もう少し前だったか、日本は隣国との間で怪しい雲行きになってきた。新聞は伝えている。政府の方針、国策に沿ってもろもろの事象が報道されている。戦争遂行に対し、批判的な記事は載らないが、戦争が徐々に進んで行っていることはその行間からも読み取れる。

一九四〇（昭和十五）年は皇紀二六〇〇年、すなわち神武天皇が即位して実に二六〇〇年になることから、大規模な奉祝行事を進めてきた。政府は我が国がどの国よりも永い歴史を有していることを内外に喧伝し、世論を一定の方向へ持っていこうとしていることがわかる。日中戦争の長期化による物資の不足、とりわけ食糧品などの窮乏感も押し寄せている中で、さまざまな式典、祭りや行事などに参加させることにより、国民の疲弊感を転化させ、国民の心をひとつにしようとしたのだろう。それに呼応するかのように、街では「ぜいたくは敵だ」と大書きされたスローガンのポスターはいたるところに目につくようになった。

百吉は嘆いている。

「あのジャズが〝退廃的〟とかいう理由で排斥されているんだよ。撲滅キャンペーンといってもいいくらいだ。同じ音楽に携わっている者として、わたしはジャズは詳しくないけれど、さきざき暗いものを感じるね」

晶子も同じ思いをもっている。

「ジャズというのは、もともとはアフリカから連れてこられた黒人奴隷の末裔《まつえい》がかれらの民族音楽として、また彼らの先祖を思う音楽として奏でられ、いつのまにかアメリカという土地で西洋音楽と融合してきたのよね。わたしたちのやっているクラシック音楽もそのうちドイツやイタリアの曲は良いが、英国やフランスの曲は駄目、ということになるのかしらね。そんなことになったら、真っ暗ね」

これは一九四〇年九月に調印された「日独伊防共協定」をさしてのことだった。

真男も両親の話を聴きながら憂鬱な気分になった。

日本は明治になって〝鎖国〟の解かれた反動からだろうか、諸外国への進出を積極的に行ってきたが、いつの間にか戦争になっていった。一八九四（明治二十七）年八月の日清戦争以来、ほぼ十年おきくらいに戦争をしている。どれも勝った戦争であったばかりに、とどまるところを知らなかった。そして行き着く先は一九四五年八月十五日を迎えるのだが、今はただ〝進むのみ〟の勢い。

ある日、町内会長が玄関を開け、つっけんどんに通告するように言った。そのときは真男がピアノを弾いていたときだった。

「奥さん、今、この時勢の下でよくもピアノを弾いてられますね。時局というものをもっと感じてくださいよ。国民みんなが総決起しているときに。止めないのであれば当局へいいますよ」

晶子は背筋が寒くなり、真男にはすぐに止めさせた。それ以来、ピアノのふたを開けることはなかった。さらに追い打ちをかけるように「時局柄、ピアノを弾くなんて不謹慎である」とまで新聞に投書していた。百吉と晶子は、真男にこれ以上ピアノを続けさせことに身の危険を感じた。音楽家にとって、ピアニストにとってピアノを取り上げられることがどんなに苦しいか、うちひしがれるようだった。

百吉は以前のように音楽活動を自由闊達にできなくなっている空気をしだいに重く感じるようになった。町内会長が来て通告していったことは大きな衝撃だった。一九三八（昭和十三）年には「国家総動員法」が施行され、すべての国民の生活は戦争に向かって協力させられる体制に組み込まれてきた。大陸へ出征した家族への慰問演奏会、傷病軍人への慰問演奏などが軍から課せられ、日々忙殺された。断れるものではない、誰もが国家への奉仕・忠誠を強いられる時代になってきた。戦意高揚のためと称して元気の出る楽曲演奏、レコードへの録音など、音楽を通じて少しでもプラスになることはすべてさせられた。何も口に出せない状況で、疲れはたまってきた。晶子は夫の健康面に気を遣ったが、ひたすら辛抱するしかなかった。多くの家庭では〝笑い〟が消えていった。今日一日を生きていくのが精いっぱいの精神状態でさえある。ラジオから流れてくるのは、嘘に満ちた戦局報道ばかり。

「晶子の心配する気持ちはわかるが、今は国が一丸となって戦っている時なんだ。それになんといっても、我々音楽をやっている者の先達者ともいえるあの山田耕筰先生が軍服姿で軍刀をさして先頭に立って鼓舞しておられるんだ。やらざるをえんよ」

百吉の頭も〝洗脳〟されたようで、もはや諦念の極みである。

山田耕筰といえば、明治期に我が国に西洋音楽が移入された初期から活躍し、ドイツやフランス近代の作品を紹介し、作曲者、指揮者として大いに活躍し、日本の音楽界に多大の影響を与えた人物である。その山田が戦争遂行に積極的に加担している。その顕著な姿は「音楽挺身隊」をつくったことにもあらわれている。彼ほどの人物が協力しているのだから、先頭に立っているのをみると、百吉ごときが何も言える空気ではなかった。西洋音楽をしている者で山田を知らない人はいなかった。いや、一般国民でさえ、山田の作曲した歌を愛唱している。〝音楽のすべてを戦いに捧げん〟との意気込みであった。それほどまでに山田耕筰の果たした役割は大きい。誰も彼には逆らえない。日本人初の交響曲、交響詩、オペラなどの大作を作曲し、「からたちの花」、「赤とんぼ」、「この道」など、広く子どもから大人まで親しんで口ずさむ歌を作ったことでも有名である。そのためか〝日本近代音楽の父〟といっていい山田、その彼が軍服を着て軍刀をさしている姿は〝凛々しさ〟さえ漂わせた。晶子は引き込まれるような気持ちを吐露した。

「あの山田耕筰先生もねー。今はそういう時代なのね」

それ以上の言葉を発することはできない。国民の誰もが大きな動きに飲まれていった。

大学には軍人たちが入り、正規の授業よりも軍事教練が優先されたのであった。百吉の楽団員たちはもはや自由な演奏活動はできなくなっている。軍の指示による各地への慰問演奏が主体となり、出陣部隊への壮行演奏、そして「出陣学徒壮行会」での演奏。学業半ばにして出陣していく若者たちを目の前にして、このうち何人が生きて還れるかなど、考えることはできなかった。少なからずの学徒が特攻隊を志願した。

晶子は国防婦人会で歌の指導を行うことになった。音楽学校を卒業したとはいえ、声楽の勉強はしてこなかった。ひたすらピアノ漬けであった。夫に不満をぶちまけた。いまや不満を言えるのは家族しかいなかった。何年前になるだろう、学生であったころは袴姿で登校していたのに、それが今はモンペ姿。華やかさのかけらもない。今は、〝ぜいたくは敵だ〟といわれる社会状況だ。

「音楽学校ではピアノしかやってこなかったこの私に、歌の指導をせよとのこと、どういうことかしら。学生時代、友だちには声楽専攻の子がいて、いつも上手に歌う姿を見ていたことはあってもまさか指導なんて……」

ひと呼吸して、自嘲的に言った。「でも、こうなったら、がむしゃらでもやらないといけないのね」

思えば昭和十三年には長期化の様相を呈してきた戦争に備え、国家の絶対的な協力体制が必要となって《国民精神総動員運動》が叫ばれ、さらに強制力を伴う法律が成立した。世に言う「国家総動員法」である。これによってあらゆる分野で、政府が必要と認めた措置は国会審議などを経ずに勅令や政令で発動できるようになった。

真男にもその影響は忍び寄ってきた。いや、公然と戦争協力の一環として、大きな力が。

「母さん、僕に『音楽慰問隊』への招集が来たよ」

晶子はとうとう息子にも来たか、の想いがこみあげてきた。

「そう？　お上はどこの誰が何を専門としているか、知っているんだね」

言うなりしばらく黙りこんだ。

「家族全員、滅私奉公なのね。お父さんも真男も好きな曲を演奏したりできなくなって、演奏できるのは、〝戦意高揚〟という目的にあった曲のみになってしまって……」

真男も同じ感想をもっている。

「今はそんなこと言えない。国民の口はふさがれているように思えて仕方ない」

真男の知っている男子学生の何人かは、修業年齢の短縮令によって繰り上げ卒業させられ、学徒出陣に組み込まれ、女子学生は軍需工場へ動員され、音楽からは遠ざけられた。それでも音楽をできるものは各地へ慰問演奏に駆り出され、なかには満州へ派遣されたものもいる。真男も例外ではない。音楽慰問隊として傷病軍人への慰問、出征家族への慰問演奏会などあらゆる場へ出されることになった。ほとんど毎日のことで、まだ若いながらも心身ともに疲れているが、口には出せない。

昭和十八（一九四三）年十二月のある日のこと、《東京音楽学校・壮行会》へ足を運んだ。そこには東京音楽学校から出陣する学徒への壮途を祝うための会で、プログラムの最後を飾る音楽としてベートーヴェン『第九交響曲』が演奏されるとの情報を得て、ある意味、勢い込んで駆けつけた。何年か前にベートーヴェンの伝記を読んだことがあるためか、まさに吸い寄せられるようだった。生の『第九』演奏は、この時始めて聴いた。異常な状況下ではあった。彼の伝記を読んでいろいろと考えたとき、まさか、こういう場でこの偉大なこの曲を聴くようになるとは思わなかった。それが今、聴ける。できることならきちんとしたホールで聴きたいのだが、はやる気持ちが会場へ向かわせた。

ドイツの〝国民的詩人〟として讃えられているシラーの『歓喜の歌』の精神がひと言で集約されている、〝すべての人が兄弟となる〟という言葉と思想。でも、でも、戦争に行くということは、兄弟の精神的離反と、殺し合いなのだとは思えないのか。この戦争の行く先を思いながらも複雑な気持ちでその場に立ち尽くした。出陣していくこれら若者たちから、いま、この状況下で『第九』に対してどのような感想を抱いているかなどは聞けない。いや、むしろそのようなことを聞くのは、酷なことでさえあった。同年代の青年が〝出陣〟する、戦地へ赴く、この厳粛な、あるいはどうしようもない想念が頭の中を駆け巡っている。機密保持のため、出陣者の人数は明らかにされない。ただ、「多い」とだけは言える。人数の多さは隊列の規模を見てわかった。何人が再び故国の土を踏めるのか？　彼らたちの多くは（旧制）高等学校生徒であったとき、ドイツ語は修得しており、シラーの詩の意味内容は充分に理解していることだろう。彼ら、音楽学校の生徒たちは、陸軍の戸山学校へ配属されるものが多かったと耳にしている。軍楽隊があるので、彼らの受け皿であった。

出陣学徒を見送る場での『第九』は一九四四（昭和十九）年八月六日、奇しくも広島に原子爆弾が投下される一年前にも「東京帝国大学・壮行大音楽会」で演奏された。「合唱」で歌われたシラーの詩をこの場でじっくり聴けただろうか。それよりも学徒たちは、自らの運命に想いを馳せていたのかもしれない。苦しくとも涙は見せられない苦悩がそこにはある。

さらに軍は音楽を身につけている者は〝聴音〟に秀でていることに目を付けた。最たるものは海中の潜水艦を探すため、ソナー（船舶などの水中探査機器）で音を聴き分けることに音楽生を使ったりもした。一般の軍人よりも音程の高低を聴き分ける能力のある特性を生かそうとした。音楽学校としては、軍からの要請に消極的態度をとることはできなかった。ともすれば世間では音楽科などに対して、「不要不急の学科は無くせ」との声をいささかなりとも和らげる意図が教育界にもあった。

真男は音楽慰問隊の一員として、ほぼ毎日、東へ西へと演奏に駆り出された。行く先にピアノがあればいいが、なければ「風琴」（オルガン）で演奏しなければならない。小さかった小学生のとき、オルガンで伴奏させられたことはあったが、その時の感触はすでに忘れている。ピアノとオルガンでは演奏方法が全く異なる。あるところではピアノで演奏し、次の会場ではオルガン、となると感覚が狂ってしまう。ピアノは鍵盤を押せば音は出る。オルガンは足元にある大きなペダルを上下に押して風を送らなければ音は出てくれない。はじめのうちは失敗の連続だった。国民学校へ行けばほとんどがオルガンだったこともあり、異なる構造の機器に接し、ピアノについて再認識し、オルガンの特性についても学ぶことができた。戦争に入ってからというもの、外国語そのもの、あるいはカタカナ語を使用することは禁止され、日本語に言い換えられた。ピアノは洋琴、ヴァイオリンは提琴、音楽コンクールは「音楽顕彰」というように。

国家総動員法で、すべての面にわたって戦争への協力が義務づけられているにもかかわらず、戦局はしだいに不利になってきた。そのことが目に見えてはっきりしてきたのは、米軍機による〝空襲〟であった。早くも一九四二（昭和十七）年四月十八日、本土への空襲が行われ、東京も被害を受けたが、この時はまだ被害は少ない方だった。しだいに空襲の頻度は増し、国民の目からもはっきりと戦局が不利に見えたのは、一九四五（昭和二十）年三月九日の夜から翌十日の未明にかけての空襲（下町大空襲）であった。超低空からの無差別攻撃によって街は焼き尽くされ、大量の死者（約十万人）を蒙った。

真男たち一家も地下の防空壕で身を寄せ合って終わるのをひたすら待っていた。十日の朝、外が静かになったのを感じて防空壕にひそんでいた人たちは外へ出た。周りを見渡した時、言葉が出なかった。これでもか、というくらい、焼き尽くされた光景が広がっていた。まさに地獄だ。まだ見ぬ地獄、だが誰もが現実を疑わなかった。

百吉も晶子も真男も呆然と立ちすくんだ。涙の出る余地はなかった。百吉の胸には〝国民精神総動員〟との掛け声のもと、個人の自由は奪われ、ひたすら戦争遂行に協力してきた結果がこれかと、虚無感が全身に押し寄せてきた。いつか百吉は知人から聞いた言葉がある。「戦争はいつの時代も国のえらいさんが決める。国民の意見など聞いたりしない。でも、ひとたび戦争になってまっさきに被害を受けるのは、一般庶民なんだ」と。百吉や晶子たちが体験したことは、まぎれもなくこの言葉どおりだった。

六月初めのある日、百吉は息せき切らせて帰ってきた。

「おい、あのベートーヴェンの『第九交響曲』が日比谷公会堂で演奏されるぞ。日本交響楽団（後のＮＨＫ交響楽団）だ。奇跡的に残った日比谷公会堂でだ。三人で行こう」

晶子も真男もびっくりした。一面が焼け野が原となった東京で、日比谷公会堂だけがポツンと、屹立《きつりつ》するようにがんばって残っている、孤高を守るように。度重なる空襲で、東京は見わたす限り焼けている。これからもいつ襲ってくるかもしれない空襲の恐怖、電車での移動も期待できないなかで、演奏会の開催にこぎつけた楽団員をはじめとする人びとの熱意と勇気。もしかしたら、演奏中に爆撃されるかもしれない恐怖感を乗り越えての演奏会である。

六月十四日、三人は公会堂へ向かった。特別な感情を抱いて。真男は二度の出陣学徒壮行会でこの『第九』を聴いている。一度は雨のなかだった。演奏終了後、行進していく若者たちの足音がいまだに忘れられない。あのときの彼らは今、どうしているだろう。七十分ほどの演奏を、一音も聞き逃すまいと耳を傾けている。演奏が終わったとき、三人はすぐには声を発せられなかった。見わたす限り爆撃されたなか、ぽつんと残った公会堂で聴いた『第九』に、なんとも表現できない心を感じざるを得なかった。

シラーの詩を思い返した。〝兄弟たちよ！〟本来は平和や人類愛への大いなる希望を抱いたものである。今はただ、早く戦争が終わってほしい。そのような願いに聞こえる。

百吉がやっと口を開いた。

「今までとは違って今日、こうして聴くと、言い知れぬ虚脱感を覚えてしまう。何故だろう」

真男はしばらく時間をおき、考えるようにして言った。

「今日、何回目かの『第九交響曲』を聴いて思うのは、特に第三楽章、あの静かな旋律、緩やかな動きのなかで、人びとを抱きしめているように感じた。多くの人というか、全人類を抱擁しているようにさえ思ったのはボクだけではなかったと思う。今まではともすれば第四楽章のシラーの詩に意識が集中していたのに、第三楽章にもっと目を向けねばならないようにも思った」

「それは良い所に気がついた。お父さんも同じようなことを思っていたよ」

百吉は意を決したように言った。

「真男、もうじき戦争は終わる。国じゅうがこんなに痛みつけられているんだ。すでに戦う力はなくなっているのだよ。いつまでももたない」

晶子が「シーッ」と注意した。

「あなた、注意して、誰かに聞かれたらどうするの？」

町会長がピアノの演奏に文句をつけ、新聞に投書されたことに、いつまでも忘れられない恐怖感に似たものをもっている。

「この曲にはいろいろな意味がある。ベートーヴェンとシラーのことはいくら言っても言い尽くせない。ただ、今は、この曲が多くの人を癒し、心を奮い立たせるものをもっているということだ」

百吉は結ぶようにつけ加えた。

「やがて戦争が終わって、日本はどうなるのか私にはさっぱりわからない。何かに突き当たったとき、シラーの詩を思い返してみたい」

すべてのひとが兄弟となる
抱きあえ、いく百千万の人びとよ！
口づけを全世界に！

三人はこの焼け野が原で半月、いや、ひと月ほどいたのか、他の被災者と一緒に。毎日、生きていくのに精いっぱいだった。このあまりにも苛酷な時代をどう切り抜けたのか覚えていない。ただ、今日生きているのが不思議なくらいの状態だった。後になってこのころのこと、記憶から消し去ろうとした節がある。何故だかわからない。

戦争終結が伸びるほど、被害は大きくなる。

そして八月六日、九日、ついには十五日を迎えたのである。

第三章　錯雑の人世

1

一九四五（昭和二十）年八月十五日を機に、日本国中のあらゆる場所で、あらゆる状況の下で、〝価値観の転換〟が行われた。その「転換」はあまりにも急激であった。まさに一瞬の変わり身だった。百吉には大きな衝撃がはしった。

しばらく考え込んだ。ニッポンはこれからどうなるんだ！　いや、それ以前に家族の生活は……。

「昨日、十四日までは皇国のため、とか戦意昂揚や世のなかすべてが戦意を鼓舞するためにささげられていた。だが十五日からは一夜にして『民主主義』の時代にはいった。『民主主義』とは何か、まったくわからないなかで……。まさに価値観が一瞬にしてひっくりかえったんだ」

百吉や晶子や真男にとっても日常生活は激変を迎えた。そのなかで、なんといっても、もうこれで〝空襲〟は来ない、明日の命の保証のないあの苦しかった体験から逃れられた安心感は、何事にも代えがたかった。苦しくとも、空襲はもう来ない。家々はこれ以上焼かれることはない。命はなんとかつなげられる。大変な時期ではあるが、精神的には自由な空気が芽生えていた。とはいっても決して楽ではない。

灯火管制によって電球の周りにまかれていた黒い布ははぎとられ、天気予報はまず東京で復活し、少しずつではあるが、〝平和〟が感じられるようになってきた。

時代は変わった。

しかし、食糧不足をはじめ、何とも形容しがたい異次元の不安が漂い、一面の焼け野が原が復活するには長い道のりが必要であった。百吉や真男は戦地へ駆り出されず、ずっと内地で慰問演奏に明け暮れていた。晶子は国防婦人会での歌の指導、それがないときは他の婦人たちと一緒になっての労働が待っていた。戦争が終わった今、夫や息子の〝復員〟をひたすら待つことはなかったが、生活の不安は大きい。百吉はため息を漏らしながらつぶやいた。

「思えば戦争は長かった。明治になってからずっとどこかと戦っていたんだから。あげくの果ては米国と……。友だちが言ってたよ。彼は戦前に米国にいたんだけれど、よくもあんな資源の豊かな国と戦争をしたもんだと。ある日、鉄道の貨車のすごく長い列を見て、なんとすごい国かと感心していたよ。貨車の長さというのは一例だけど、国力は圧倒的に違う。蟻が猛獣に立ち向かうようなものだったんだ。今は、一日にして〝民主主義〟とかの時代に早変わりしている。もののみごとに。ニッポンの行く先は俺には分からない。だけど、日々、生きていかねばならんことだけは確かだ」

晶子は、嫁入り前に親が準備してくれた着物のすべてが灰燼に帰したことを嘆いた。

「わたしが結婚のときに親が買い揃えてくれた着物などはすべて〝灰〟になってしまって。写真館で撮った写真も灰となり、今となっては、あのとき、あの着物を着た、という思い出だけが残っているんだわ」

しばらく、何かを思っているような表情だった。

「でも、肉親を亡くした人たちを思うと、贅沢は言えないわね」

食糧不足は深刻だ。食糧戦争と言っても過言ではないような状況だった。決まって入るのは配給切符でもらえるもの。それもごく少量。ほかの大部分は闇市で物々交換をしてコメなどを手に入れている。食糧の配給とは名ばかり、欠配や遅配は常態で、ひもじさは日を追って増し深刻だった。闇市はあちこちでなされている。それなくしては民の生活は成り立たない。政府はこの闇市を取り締まっているが、後を絶たない。世の中にはいろんな人たちがいる。ある正直で実直な裁判官がいた。職業意識がそうさせたのか、政府の言うとおり、配給される食糧だけで生きていたが、ついに餓死してしまったという。この噂はたちまちのうちに広がっていった。新聞にも載り、話題にもなった。記事を見て馬鹿にする人、考え込む人、さまざまだった。人の生き方と時代について考えさせられた。

このようななかで、人びとは音楽の力を実感した。というより、音楽が生きていく希望を与えてくれた。広場にあるラジオ塔に設置されたラジオや、家庭にあるラジオからは明るい歌声が流れてきた。明るく、元気な歌声は、うちひしがれた人びとに明るさを取り戻させた。とりわけ、〝りんご〟と〝みかん〟は大きな役割を果たした。戦後の復興と再生に精を出しているなか、「りんごのうた」、「みかんの花咲く丘」などの明るい歌は、どれだけ人びとを勇気づけたかはかりしれない。百吉一家は音楽の道をなんとかして続けよう、いや、こういう時代だからこそ、音楽の出番だと思った。

百吉も真男も、それまでに収集してきた多くの楽譜はすべて焼かれてしまった。音楽家として生命を絶たれるようなものだった。多くの困難があったが、なんとかしなければ、との思いは強い。少ない紙を〝五線紙〟にし、記憶を手繰り寄せては知っている曲の「再現」に務めた。演奏をしようにも譜面がない。

百吉のかつて所属していた楽団のメンバーはちりぢりになり、消息のつかめないものもかなりいる。メンバーが足りない、それ以前に、生活していくための手段を考えねばならない。人びとは絶望の淵に立たされている。毎日の食糧難と生活難に対し、なんとかしなければ、の思いが募ってくる。

ある学校から音楽の非常勤講師の依頼が来た。

百吉は喜んだ。今の時世、たとえ非常勤であっても声がかかるのは喜ばしいこと。一年から三年までの「音楽」を任されるとのこと、責任は大きい。校長からは「今は民主主義の時代ですからよろしくおねがいします」と釘をさされたが、この校長も少し前までは「皇国一丸となって……」とか、「お国のためにすべてを捧げて……」と声を大にして叫び、皇国少年たちを育てるのに躍起だったに違いない。それが今は、学校では教科書の一部、あるいは頁によっては大部分が黒い墨で消され、まさに〝臭いものにふた〟をした、急づくりの民主主義教育?が行われている。

百吉のやるせない気持ちをぶつけられる相手は家族しかいなかった。

「今、学校では何をどう教えるか固まっていない。ＧＨＱ（連合軍総司令部）の指揮命令によって、今までの教育方針は大きく見直され、司令部の意向を無視しては何もできなくなっている。空襲の不安はなくなったが、ＧＨＱが新たな支配者として君臨しているんだよ。昨日まで平凡に暮らしていた人が、ある日、ＧＨＱがきて平和に過ごしている場から『戦犯』との名目で強制連行されていく。友だちのお父さんもその一例だ。街の理髪店の店主はまさに客の頭をきれいにしているときに強制的に連行されていった。家族やそこにいた客は何が起こったか理解できずに、ただポカンとしていたそうだ」

晶子もいろいろと考えている。

「日本にとってははじめての経験なのよね。外国に支配されるということ。これからどうなるんでしょう。新たな不安がよぎってくるみたい」

百吉ははじめは週に三日授業に出かけていたが、近隣の学校からも依頼が来て、毎日出勤するようになった。自転車で二つの学校を渡り鳥のようにしている。

学校へ行くと戦災で親を亡くした子、まだ戦地から復員していない家族のいる子、冬になっても靴下を履いていない子、靴もなくゴムぞうりで通っている子たちを見るにつけ、早く親たちが戻ってくるのを願った。子どもたちのしあわせを願っている。
そんなおり、授業の終わり近くには明るい歌を皆で合唱し、勇気づけるのを、百吉は音楽教育の使命のように思った。それはある日、街角で聴いた歌声から刺激を受け、この明るい歌声を生徒たちに聞かせようと思ったのがきっかけだった。歌を唄った生徒たちを廊下で見ると、気のせいかあかるくなっていた。教室中が明るくなった。生徒たちの目は輝き、生き生きとしているのをはっきり感じた。いつしか音楽教室から聞こえてくる歌声を、他の教室でも待っていることが分かった。

リンゴのひとりごと　　　　（昭和十五年、武内俊子作詞、河村光陽作曲）

わたしは真っ赤な　リンゴです
お国は寒い　北の国
リンゴ畑の　晴れた日に
箱につめられ　汽車ポッポ
町の市場へ　つきました

リンゴ　リンゴ　リンゴ

リンゴ　可愛い　ひとりごと

生徒が一つの歌のメロディーと歌詞を覚えては別の歌に移り、次からつぎへと新しい歌を練習し、家庭でも口ずさんでいる姿が目に浮かぶ。翌年には「みかんの花咲く丘」、「リンゴの唄」などが発表され、またたく間にひろまっていった。この「リンゴの唄」は戦時中に創られた曲ではあったが、検閲によって世に出なかったといわれている。戦後になって、人びとに希望の灯をともす象徴的な歌として歌われ、一種の社会現象とまでなった。音楽の楽しさ、あるいは「力」ともいうべきものが、そこには備わっていることを実感せざるを得ない。

一人の非常勤講師の罠にかかったように、音楽好きにさせられた生徒たちはニッポンの明るい未来に向けた一服の清涼剤のようだった。

2

真男は一人前の青年になった。

しかし、周囲の悲惨な環境は、持てる能力を充分に発揮することを阻んでいる。人びとの毎日の日課は、食糧を確保し、生きていくのが精いっぱいで、これに生活の時間の大半が割かれている。

苦しいなかでも音楽活動をしていくための想い、「なんとかしなけりゃ」の意気込みは、紙を調達することから始められた。自分の想いを楽譜として五線紙に表現すること、焼け跡の中から拾い、ごみが集められている場所から一枚ずつ拾い、紙質や色もさまざまだが、「書ける紙」を求めてさまよった。人がどう思おうと、音楽の道を進むものとして、この苦しい時代だからこそ求めていきたいと、日々自分を駆り立てた。仮の家に帰って皺になった紙を広げ、大きさごとに分け、定規で線を引いて「五線紙」をつくった。苦労して作った五線紙だからこそ、この貴重な紙を使って曲を創ろうと思った。ピアノは父の百吉が工面してくれた。楽団の一人が「焼け跡に残っているピアノがあります。元の所有者は放棄しているそうです。このあいだ弾いてみましたらまがりなりにも音が出ましたよ。満足いかないとは思いますが、こんなのでもよければ使ってほしい」と良い話が舞い込んできた。「本来なら調律しなけりゃならないのですが辛抱してください。この時代ですから」。なにごとも「この時代ですから」ですまされる。

リヤカーを借り、父子二人は半日掛かりで仮住まいまで運び込んだ。真男は喜んだ。「焼け野が原のピアノだ。さあ、弾くぞ」

鍵盤に触れてみた。音は確かに出た。しかし、ピアノの音とはお世辞にも言えないものだった。ガチガチと異音を発する。順に弾いていくと、音の出ないもの、キーが押されたままで戻らないもの、いろんな状態が混在している。ふたを開け、二人掛かりであゝでもない、こうでもないと、苦労しながら原因を探して修理した。まさに調律以前の修理。外部の疵《きず》はどうしようもない。それでもきれいな布で磨いて少しでもよく見えるようにし、内部の異物を取り除き、外した部品のありかをしっかり覚え、元に戻す。おかげでピアノ内部の構造は手に取るようにわかった。

「調律師さんだったら、全部わかっているんだろうけれど、わからないことだらけだった。これでうまく音が出てくれるといいんだけどな」

百吉も何とか辛抱できる程度の良い音の出ることを願っている。

真男はキーを一音ずつ弾いては耳を澄ませて聴く。「うん」とうなずいたり、首を傾げたり、ここでは「聴音力」がたしかめられる。フーッと息を吐きながら、ため息交じりに出た言葉、小石が入っていたり、針金が曲がっていたり、一つできればまた別の障害が見つかり、とても一筋縄ではいかない。それでも父と子で二週間ほど経ったころには、ほぼ辛抱できる程度まで達した。二人は顔を見合わせた。「うーん、やっとここまできたか」。満足げでもあった。

このピアノを見て、戦時中のある日のことを思いだした。町会長が玄関を開け、そこにピアノの音が聞こえてきたため、「この時勢にして！」と止めさせられたこと、悔しい想いをしてピアノを閉じた。その町会長、あるところでばったり出くわしてひと言、「音楽って良いものですね」だと、殴りたかったよ。変わり身の早いこと。

曲づくりは陽の明るいうちの仕事だ。暗くなってからでは暗闇の世界になる。家の中にあるのはローソクの灯のみ。暗くなると不安感が高まり、これからの先行きが頭の中を掠《かす》める。一日のうち、音楽に充てられるのは午前か午後のどちらかの短い時間だけなので、大切にした。あとは家周りの仕事に忙殺される。その仕事のときもいろんな方面に観察の目を向けている。人びとの動き、景色の変化、状況の移り変わりなど四方に視線を向けて。一つひとつの場面への興味、あくなき慈しみの心を人びとに差し向けた。それらの想いを「音譜」として記す。困難な作業だけれども、音楽家だからこそできること、人の心に深く届けられるものを創造していきたいと思った。

終戦から約四ヵ月が経った。十二月のある日のこと。

真男にはふと脳裏に蘇るものがあった。去年の十二月、まだ「戦時中」だったとき、《東京音楽学校・壮行会》へ行き、出陣していく学徒たちの姿を見、壮途を祝うための音楽、ベートーヴェン『第九交響曲』を聴いた。出演者一人ひとりの姿を食い入るように見つめ、彼らの近い将来にどのようなことが起こるのか、想像を巡らせた。良いことは浮かばなかった。特攻隊に入れば死に行く運命を背負うことになる……。あのときの生徒たちは今ごろどうしているだろう、すぐに出陣したのだろうか。八月十五日はどこで、どのように迎えただろう。その時の心境はいかばかりだったのか。戦争が終わって親の元へ何人が還れたのだろう。少しの間にもいろいろな想いが噴出してくる。もし、どこかで連絡が取れるならぜひとも会いたい、そう思うようになった。それほどまでに、真男にとって学徒たちを送りだす壮行会の印象は強烈だった。式が終わり、雨の中をダッ、ダッ、ダッと隊列を組んで進んでいく行進の音が脳裏に焼き付いている。途中から降った雨にも微動だにせず、直立不動の姿勢で式の終わるのを待っていた。

参列者の目には暗い空の下、雨がわびしく映った。志半ば、いや、その入り口で夢は絶たれてしまった青年たち。同じく音楽を目指していた仲間であるだけに、その後について心配は隠せない。学徒たちはあの場の精神状態を音楽的にどう表現しただろう、知りたい。

真男は新たな一歩を踏み出した。温めていた楽想をまとめようとしている。貴重な紙を求めつつ、苦しい生活のなか、作曲は終盤に差し掛かった。終戦から一年を記念するように。ピアノ曲ができあがったとき、その曲に『新日本の建設』と題をつけた。いろんな想いを込めた。これは小学六年生が習字の時間に書いたものだが、これを見て衝撃を受けたのであった。きっと先生に指示されたのだろう。ほかにも「民主主義」や「平和日本」とかの言葉も見られた。小学生の習字が公民館のようなあばら家の集会所に掲げられていたのを見て、この言葉に吸い寄せられた。しばらくそこから動かなかった。心の動揺があった。新日本の建設……。

この題の意味について父に伝えたかった。

「八月十五日を迎えるまでは、民主主義とかの言葉は多分表へ出ることはなかったのと違う？そりゃ一部の人は平等とか、民本主義とか、民主主義という言葉を言っていたかもしないが、おっぴらには言えなかったと思う。そういう人たちは白い目で見られたり、警察の要注意人物にもなったり、ましてや学校で民主主義なんていう言葉は使わなかったし、教えることもなかっただろうな。思っていることを素直に言えなかったからな」

父親らしい言葉で返してきた。

「民主主義ということで、なんか日本は新しい国になったように思える。これもGHQの仕業かな。何かにつけ変わったんだな。これからの日本は、廃墟が片付いた時、どのような日本を創っていくのだろう。道のりは遠く、険しいと思うよ。真男たちの若い世代ががんばらないとな。なんといっても、古い世代は手あかで汚れているんだよ。〝一億総なんとか〟といってな。ここまでやられると、根本的治療が必要なんだよ」

自信たっぷりな言説は続く。

「教える学校の先生にしても、それまでの軍国教育から急に〝民主主義〟といわれて違和感があっただろうな。民主主義とは何かさえ分からないなかで、何を、どう教えていいか手探り状態なんだと思う。いや、今でもそこから抜ききれないのと違うかな。新日本の建設、それだからこそ、この言葉には大きな意味が込められていると思って……」

真男の言うことが徐々にわかりかけてきているのだが、

「真男は、つまりはこの題名に、あえて言えば自分のすべての〝想い〟を込めているんだな。今の世の中の人はどう受け止めるだろう。まだまだ苦しい日々の食糧事情、生きていくのに精いっぱいであるのに音楽にまで気を向けられないと思うかもしれんな。けれどもそうであるからこそ、音楽によって勇気を与えないとね。人びとの荒《すさ》んだ心はリンゴとミカンの歌でぱっと明るくなったしね」

真男は別の方へ話題をふってきた。

「それはいえるな。まず人間、食うことが第一だからな。いま、ふっと思いついたんだけど、あの北村聖賢先生に見せたらどういわれるだろう。それより三月の空襲以来、お会いしていないなぁ。お元気でおられるのだろうか。心配になってきた。何故か今まで心に掛けなかったことが、罪のように思えてきた」

久しぶりに北村聖賢の話題になった。思えば東京へ来てからの真男のピアノ家庭教師として面倒を見てもらっていた北村先生。彼の良き指導によって、大いに能力を伸ばせたことは言うまでもない。ホールで真男が問題を起こした時も、時間の経過をみはからって音楽仲間にとりなしてくれたのも北村先生であった。厳しいなかにやさしさも感じられた。まさに、〝師〟といえる先生だった。

三月の空襲では多くの命が失われた。家屋も焼失した。気がついた時、命のあったことに驚いた。それほどの惨状であった。先生がどうかご無事でおられるのを願うのみである。どのように探せばいいのか、まったく手がかりがつかめない。父子とも、いや、晶子も含めて三人が心配している。どうして探せばいいのだ、百吉は会う人ごとに北村先生の消息を知らないか聞いているが、誰からも良い返事はない。そこへ友人からある助言をもらった。

「ＮＨＫのラジオで『尋ね人の時間』というのがあるでしょう。わたしも時どき聞いているのですが、ある人はあれで探している人が見つかった、とか言ってましたよ。一度試してみられてはいかがでしょう」

百吉は帰るなりこのことを話した。真男には一瞬笑みがさしてきた。どうして今まで気がつかなかったんだ。早速、行動に移そうと思った。

「ラジオね、今の状況にぴったりかもしれない。その、『尋ね人の時間』で放送してもらうには、どこへ行ってどうすればいいの……」

真男は思った。そういうと、つけっぱなしのラジオから聞こえていたが、人ごとと思っていたこの番組、結構多くの人が関心を寄せているらしいことがわかった。はじめは『復員だより』との番組名で、主に南方からの復員兵たちを探すものであった。その後を引き継ぐように『尋ね人の時間』となった。多くの人びとがラジオから発せられる情報に聞き耳を立てた。それだけ関心は高かった。ＮＨＫへ寄せられた手紙は要領よくまとめられ、アナウンサーが抑揚のない声で淡々と放送しているのだった。その時は何の関心も払わず、聞き流していたのが、今は良い知らせが来るような気がしてきた。百吉も胸をときめかせている。

「とりあえずはＮＨＫの係あてに手紙を出すそうだ。要領よく、どこのだれが、どの人を探しているか、簡潔に書いて送るらしい」

「明日にでも早速書いて送ってみる」

郵便ポストへ投函してからというもの、すぐに放送されるとでも思っているのか、真男はラジオの前に陣取って動かない。送った翌日など、朝から晩までラジオから離れない。晶子は意見した。

「真男、この時期、人を探している人はたくさんいるんだよ。NHKにはきっと毎日、大量に手紙が来ていると思うよ。そのうち放送されるよ。じっくり待つことね」

事実、NHKには大量に送られてくる。それを整理するだけでも大変だ。放送するに当たっては、聴き漏れを防ぐため、同じ内容のものを何回か放送しているらしいが、それでも追い付かない。離別者の多いことを物語っている。

三週間ほどしてようやく放送された。真男はホッとした。これで北村先生は見つかる……。

ひと月ほどしてNHKから手紙が来た。

「過日、北村聖賢さんのことでご照会のありました件、下記へご連絡ください」と、北村聖賢の居場所を知らせてくれた。真男はこの手紙を見て、飛び上がらんばかりに喜んだ。待ちに待った連絡が来た。住所は同じ東京でも田舎の方だ。どうしておられるだろう。懐かしさがこみあげてきた。百吉も喜んだ。とりあえずは先生がご無事らしいことはわかった。いつか会いたい、けれど先生がどのように暮らしておられるかわからないことには、声掛けもしにくい。とりあえずハガキを出すことにした。

《北村先生、ずいぶんご無沙汰しております。三月の空襲前にお会いして以来、どうしておられるのか心配しておりました。あれから東京、いえ、ニッポンは大きく変わりました。わたしの家も焼かれましたが、今は仮の家で両親と一緒になんとか暮らしております。いつになったら平常の生活ができるのかわかりませんが、がんばっていきたいと存じます》

初めのハガキは簡略なものだった。様子見の連絡でもあった。しばらくしてハガキが来た。

《真男君、お元気のようで何よりです。あの空襲で家は焼かれ、敵機の超低空からの銃撃によってあっという間に家内は即死、息絶えた家内をとりあえずのところまで運ぼうと背負って歩いていると、柱のような大きな木にあたって体ごと倒れ、わたしの足がギクッとなって動かなくなりました。後から来た人が助けてくれ、家内の遺体を茶毘《だび》に付す場所へ運び、集められた人と一緒に見送りました。何しろあのものすごい空襲で、遺体を収容する場所もなかったものですから。立ち上がっていく煙を見ながら、長年連れ添った家内をこのような形であの世へ送ること、無念でなりませんでした。何人か一緒でした。煙をいつまでも見、泣きはらし、涙も出なくなりました。今は息子の家族のもとに寄生しております。いつかまた音楽の道に戻りたいとは思いますが、今は行動の自由が利きません。良くなれば連絡します。それまでは貴君も体を大事にして頑張ってください。ご両親によろしく》

細かい字でハガキ裏面をくまなく使って書いておられる。百吉も注意深く読んだ。

「この分だと、少しそっとしておいた方がいいかもしれんな。先生の気分が落ち着かれるには時間が必要だから。なあに、あの先生のことだ、きっと良くなってまた連絡が来るさ」

北村の胸のうちでは言いたいことは山のようにあっても、今はまだそっとしておきたいこともあるのだろう。百吉はそういうことに想いを馳せた。

三人はしばしば静閑のときをすごした。話題は題名に移った。

それにしても、この音楽の題『新日本の建設』、は奇抜だと百吉は思った。はじめ真男から聞かされたとき、なにかの標語かと直感した。かつて数多の作曲家の「題」に接してきたが、このような題名ははじめてだった。しかし、考えてみればニッポンは大きく変わったのだ。根本から。それまでの常識は覆された。真男の音楽を聴いて世の中の人がどう受け止め、判断するかだと考えるに至った。音楽や美術作品につける題名は、作者の自由であっていいのだから。直感で命名されるのも多いと聞いている。それになにもこうあらねば、というものはない。

「しかし、それにしてもずいぶんと思い切った名前だな」

「僕もそう思う。でも、ニッポンは変わった。音楽も変わっていいと思うよ。題名よりも中身だからね」

この名前で発表しよう。吉と出るか凶と出るか、まったく予想できない。問題は中身だ。

百吉はつぶやいた。

「これからニッポンはどこへ行くのだろうな。社会の大転換で誰も予想できないんじゃないか。政府はあっても実質的にはＧＨＱが握っているのだし……」

真男は『新日本の建設』が自身にとっての本格的な創作曲であるとの自負を抱いた。もちろん、小さかったころの『池のほとり』もそれなりに頑張って創ったのではあった。しかし、大人になって北村先生から作曲理論・技法について学んだあとの作品であり、今までの人生をかけたものと考えた。人生で最大の、劇的な経験は何物にも代えがたかった。空襲、敗戦と、日本はじまって以来の経験をし、一歩間違えば命を落としていたかもしれない窮状をくぐり抜けてきたひとりの人間として、この作品を世に問いたいと思った。

この曲を書くにあたって、音楽的なことのみでなく、社会のこと、ニッポンという〝クニ〟についても考えるようになった。東京のいまの状況を網膜にしっかりと映しとどめ、心に焼き付け、刻んでおこうと、行ける範囲で東西南北へと駆け巡った。乗り物に乗らない、運動靴での行脚だ。荒《すさ》んでいる街の現実の姿を、自身の目でしっかりと焼きつけるのを使命のように感じている。いわば曲の原点ともなる東京の姿の〝今〟を探求する旅ともなるものであった。

少し歩いたところでは、白衣をまとった傷痍軍人の哀しい姿、片手や片足を失くし、松葉つえで歩き、道行く人から〝お志〟を頂戴し、それで生活しているのだろう。隣にいる人、かつての戦友らしき人はアコーディオンで歌を唄い、涙を誘っている。向こうから牛車が来た。後ろには道端に放置された無残にも変わり果てた日本軍の戦車を引っ張っているではないか。牛車と戦車という世にも珍しい組み合わせの姿。皇居の近くでは、復員兵たちが宮城に向かって深々と頭を垂れている姿を見て、真男はびっくりした。八月十五日、「玉音放送」を聴いて皇居前でひれ伏した姿が再現されている。街を歩いた感想を両親に話した。八月十五日を迎えるまでは、世の中全体に「短調」の旋律が溢れていた。今はまだ食糧難や住む家やいろんなことで苦しいまま。しかし、それでも人びとの顔には必死に生きていこうとの前向きな気持ちが、どこか「長調」的空気に向かっているのを感じた。

「ここから一歩歩くと、まだまだ戦争の傷跡は大きく残っている。復興といっても並大抵のものではない感じを大きくもった。この先何年かかるのかな。でも曲つくりには収穫もあった」

百吉もそのような姿は見て知っている。かつて戦争中、音楽が戦意高揚などに強制的に使われ、今、音楽で人びとを明るい方向に向けていくことはできないかと、仲間たちも考えている。音楽の力を結集していこうとの気運がある。晶子も早く復興できないかと案じている。

真男はほぼできあがっている曲を父や母にも聴かせて感想を聴き、修正を施したりした。つくづく思った。あの北村先生がおられたら……と。

ある日、新聞を広げると広告が載っていた。「音楽コンクール」の応募要項で、演奏者、作曲作品などを募集している知らせであった。敗戦の荒廃からまだ立ち直らず、方々に大きな傷跡が残っているさなか、音楽によって日本を蘇らそうと音楽家たちは立ち上がっている。真男のたぎるものが芽生えた。

「お父さん、この広告見た？　音楽コンクールで『作曲』の部もあるって、出そうかな」

同じ音楽の道にいる百吉にとっても大きな刺激になり、発奮させるものがあった。

「応募資格はあるんだな」

真男はもう一度、応募要項を確認した。

「間違いない。大丈夫だよ」

「そうか、それじゃ、出してみるか。真男の作品が玄人の目から見てどう評価されるかだな。客観的な目、というので試されることになる。誰が審査員かにもよるけれど。その人の傾向というものにも大いに左右されるからな」

その日から真男は作品をより良いものにするために、ピアノを弾きながらの推敲作業にはいった。「よし！」と最終的に出来上がったのは、締め切りの三日前だった。

『新日本の建設』　中條真男 作曲
第一楽章　悲劇的光景―戦時中の生活、空襲、一面の焼け野が原、原爆投下
第二楽章　悲劇の結末―敗戦へのショック、人びとの虚脱状態
第三楽章　記紀の世界―古事記・民話に表されたニッポンの「クニ」
第四楽章　ニッポンの新たな前進―長い道のりだが、困難にめげず復興へ動いていく様

楽譜を郵便局へ投函してからというものは、一つのことを成し遂げた想いに耽っているのだろうか、二、三日は何もすることができなかった。ようやく復興作業の一員に参加したのは、四、五日もしてからだった。

3

楽譜を送ってからしばらく「作品」のことは忘れようとした。少し別の方に目を向けるのもいいかな、という意識がそうさせた。

外へ出ると何となく足は小学校へ向かった。学校の前にたたずむと、校舎はほとんど焼けてなく、「青空教室」で授業をしている。それでも子どもたちは元気に瞳を輝かせている。子ども心にも〝もう空襲はない〟、あの憎い焼夷弾を大量に降らせた飛行機はもう飛んでこないことを

知っているからだろう。休憩時間にはまだ片付いていないところを避け、少しの空間でもはしゃぎ、遊んでいる。

家へ帰ればラジオから流れてくる明るい歌声、音楽は流され続けている。食糧難の時世にもかかわらず、心のゆとり、かすかな希望を人びとに与えているのはこのラジオだ。

真男は、母の不在が多いことに気がついていた。

「母さん、ほとんど毎日いないね。どこへ行ってるの？」

晶子は戦時中、国防婦人会からの要請があり、半ば強制的な形で歌の指導をしていたが、今はまったく自発的に歌の好きな人が何人か集まって、そこへ行ってコーラスの指導をしている。時間は決まらない。歌うことの〝発想〟が違うのだ。ひと仕事終えた後の息抜きに歌ったり、帰り際に歌ったり、好きな人が寄ってきたから歌う、というものであった。歌唱指導をするといっても謝礼はない。ある時には芋をもらったり、米を小さな袋に入れて分けてもらったりするのであった。

「お母さんたちが集まる歌のサークルへ行ってるのよ。お母さんたちと歌っていると明るく、心は安らいでくるからね」

ある日のこと、十人ほどのグループのリーダーらしき人と会い、挨拶した。もちろん初対面。名前を言われて思いだした。多くない苗字だったので、笑顔で顔を合わせたとき、ある日のことが蘇った。顔が引き締まった。戦時中、我が家を訪れ、「この時世にピアノを弾くなんて！」と注意しに来た町会長の奥さんだった。町会長がそのようなことを言ったことなどこの奥さんは知らないことではあっても、どう話しかけていいものか、口ごもった。晶子にとっては忘れられない出来事だった。もしかしたら町会長も自分の意思ではなく、お上の意向を忖度してのことだったのかもしれない。そう理解したい。

今は〝強制された歌〟ではなく、焼け跡で生活している人たちのまったく自発的な歌声が明るく響いている。これが生きていく〝歓び〟にもなっている。

百吉も東奔西走の毎日だ。かつての楽団仲間を呼び集め、もう一度音楽活動を復興させようとしている。そのあいだに、いや、どっちが主なことかわからないが、三人の食糧を工面することは忘れない。戦時中、肌身離さず持っていた愛用のヴァイオリンは幸運にも傷つくことなく、今も大事にしている。命の次に大事なものとして防空壕へはいる時も身から離さなかった。

真男は一歩外へ出るとなにかしら〝発見〟をしている。

あるうららかな日、白衣の傷痍軍人が奏でるアコーディオンから放たれる音楽、その中でも素晴らしい音色を出している青年に出くわした。はじめは立って聴いていたが、ついには隣に座り、世間話から意思が通じあえるようになると、どうして片足を失うような怪我をしたのか聞けるようになった。その青年は身の上に少しふれてきた。

「わたしはね、東京音楽学校でヴァイオリンを専攻しており、日々練習に励んでおりました。ところがあの時世でしょ、学徒動員である工場へ派遣され、あの日の空襲によって機銃掃射というやつで、逃げている途中、片足の膝から下を吹き飛ばされ、こんなことになっちゃいました。まさに一瞬の出来事でした。嘆き悲しみました。戦争が終わってからも苦悶の生活をしてました。あの時いっそのことどうして死ななかったのかって。膝から下を切断し、一生障害者としての生活を送らねばならない、松葉杖がなくてはどこへも行けないこの辛さ、この想い。他人様はなんとも思ってくれません。白い目で見られることもあります」

真男はなんと声をかけて良いかわからない。家族はいるのだろうか。

「ご家族の方は……」

「今は誰もいません。でも、いたんです。母と弟妹は名古屋の空襲でやられ、連絡をもらった時は死んだ後でした。父は、ある軍需工場で働いていたとき同じく空襲でやられたのです。直撃だったようです。それ以来、わたしは一人になったのです」

真男は両親とも健在でいる。そのようなことはこの人の前では言えないと、言葉は出なかった。

「アコーディオンは知り合いから借りているんです。猛練習をしました。このアコーディオンに私の生活が懸かっているとの思いで必死でした。ヴァイオリンとはまったく異なる楽器、はじめて扱う楽器というだけでなく、やり方が全然違うものですから、それはもう必死で練習しました。難しかったです。今、このようにひと様の〝施し〟で生きている自分が悔しいです。悲しい……」

いつしか涙目になっている。その言葉の裏には、なんとかしたいとの悲痛な叫びがみられた。真男には、ともに音楽で生きているという仲間意識らしきものが芽生えてきた。

「今のわたしには何かご援助と思ってもすぐには思い浮かびませんが、ご連絡先を教えてもらえませんでしょうか。わたしも音楽をしていますので、なにか……」

持っていた紙に連絡先と名前を書いてもらった。その人は豊島与志雄と名のった。

家で夕食のとき、真男は片足を失った青年に会った時の話をした。暗いローソクの下で、百吉はじっと聞いていた。そして静かに語った。

「元ヴァイオリン奏者ね、そういう人はたくさんいるんだろうな。国の手でなんとかできんものかな。なんといっても、戦争は国が起こしたもんだからな。我々庶民はいつの間にか巻き込まれ、大きな被害を被ってしまって……」

三人の表情は夜のため詳しくはわからない。でもそこは家族のこと、〝空気感〟で分かりあえたのだろう。

「そのトヨシマなんとかいう人、ヴァイオリンをしていたとかいったな」

「うん、だけど今となってはだいぶ長いことやってないからどんなもんかな。今はアコーディオンを演奏してお金をもらい、生活しているらしいから。そこから発せられる曲はどこか切なかったよ。もしかしたら、大怪我をする空襲前のことを思っていたのかもしれない」

百吉は何故か気になって聞いた。

「実力はどんなもんかな」

真男はトヨシマの実力は知らない。

そうこういっている間に、睡魔が勝ったのか、いつのまにか前のめりになってコックリし始めている。

それからも三人の日常は大きな変化もなく、昼間はほとんど外で過ごしている。夕方近くにポツリポツリと帰ってくる。

真男はときたまトヨシマに会いに行くが、場所は定まっていない。最初に会った場所へ行ってもいないことがある。近くの人に「今日はどこですか？」と聞き、「多分あのあたりだろう」といわれるところへ行く。会えればよし、会えなければ別の日に会えるのを期待して行く。松葉杖だから遠距離は動けない。目指して行って会えるのは半分か三分の一くらい。会えると「ああ、無事でいてくれた」とひと安心する。

ある日、百吉はヴァイオリンをもって帰った。

「いや、真男が言ってた元ヴァイオリン専攻の青年がどのくらいのモノか知りたくてね。借りてきたんだよ、練習用ヴァイオリンを」

真男は思った。つまりは彼の実力のほどを知りたいのだ。それで父のお眼鏡にかなったら、何か考えがあるのだろうか。そうでないとわざわざ人から借りてきて試そうなんて考えないはずだ。

「でも、お父さんので演奏させればいいじゃない」

「いや、お父さんのは大事なもんだ。命の次に大事だよ。他人には弾かせない。その、トヨシマなんとかいう人、次はいつごろ現れるのかな」

「予定ってのはわからない。行って見ないと。別のところにいるかもしれないし、期待して行かないでよ。会えれば運がよかった、と思うくらいでないと」

それから父子二人のトヨシマ探しは二週間ほどかかり、ようやく元の所で会うことができた。

「トヨシマさん、ヴァイオリンをもってきました。かつて学生時代にヴァイオリンを専攻しておられたのを聞いていたものですから、ヴァイオリンを手に取られるとある種の懐かしさがかきたてられるのではないかと思って。あ、父です。父も弾きます。ここで弾いてもらうことはできますか。急なことで恐縮ですが」

トヨシマはあまりにも急なことで、一瞬どぎまぎしたが、久しぶりに見たヴァイオリンに感動した。百吉からヴァイオリンをそっと受け取り、ニコッとしてくまなく観察した。弓も手にとって、そっと撫でている。その様子はまるで久しぶりに会った我が子のようでもある。

「かつての勘を取り戻しませんと、あぁ、懐かしいな」

この場所でヴァイオリンとは場違いの感は否めない。なにはともあれ、弦を緩めたり、締めたり鳴らしたりして調整に余念がない。周りの人たちはいったい何がはじまるのか、緊張の面持ちでいる。〝調弦〟をして、やがてきっと前を向いた。ひと呼吸をおいて弾きはじめた。『G線上のアリア』（J・S・バッハ）だった。弾きはじめると目は閉じられた。黙想しているようだ。何を思っているのだろう。静かに曲は流れる。悠久なる空間とたおやかな時の流れがそこにはある。過ぎ去った〝あの頃〟を思いだしているのだろうか。この曲は人の心を清閑にさせる。近くを歩いている人が吸い込まれるように寄ってきた。静かに聴き入っている。人垣は二重、三重となった。静かに弾き終わった。静かな時の空間が漂った。トヨシマの目には光るものが一滴、二滴とあった。白衣の姿とこの曲の旋律とがどこか心をゆさぶるものがあったのだろう。しばらくしてゆっくりと話した。

「ボクの青春時代は足を吹き飛ばされた時に終わりました。もう音楽をできないものとあきらめました。でも、知人の好意でアコーディオンを借りることができ、必死で勉強しました。この二つはまったく違いますからね。ただ一つの共通点は、〝音が出る〟ということだけです。それからというもの、練習に励みました。そのおかげでこうして人前で弾き、お金をもらって日々の生活をしていけるようになったのです。なんとも切ない生活です。いま、こうしてヴァイオリンを久しぶりに弾けました。心は学生じぶんに戻りました。でもこのように片足が不自由になり、白衣を着た生活は変わりません」

しばらく間をおき、吹っ切れたように言った。

「ヴァイオリンをありがとうございました。お返しします。良き昔に戻れました。でも、私にとっては幻です」

〝幻です〟との言葉が印象的だった。

百吉はトヨシマの演奏を聴いて素質のあることを見抜いた。さすがは東京音楽学校の生徒だけあるな、と感じた。どこかへ世話しよう。そのときにはトヨシマの現在と過去、そして今聴いた『G線上のアリア』の感想も添えようと思った。


それから二週間ほどしたある朝、新聞を開けると、先に応募した「新日本の建設」が作曲の部門で二位に入ったと記事にあった。若手音楽家を発掘することが目的のコンクール。応募数二十篇のなかでの二位だった。一ヵ月先に上位入選者の表彰式と演奏会が催されるという。二日後に郵便でこの知らせが来た。真男はにわかに落ち着かなくなった。そうだ、演奏会にはトヨシマさんにも来てもらおう、でもどう思うかな？　父に相談した。すぐに意見された。

「トヨシマよりも大事な人がいるだろう。北村先生だよ。今、どのように生活しておられるかわからない。でも二位に入ったのは、とりもなおさず北村先生のご指導の賜物じゃないかね」

真男はハッとした。うかつだった。

「北村先生にすぐ手紙を出します。来てくださるのを願って」

北村から一週間ほどして返事が来た。

《真男君、手紙をありがとう。あのコンクールで作曲部門の二位に入ったとは大したものだ。『新日本の建設』という題、いかにも今の時世にぴったりだよ。音楽で新しい日本を切り拓いていく、なんと素晴らしいことだろう。

落選になった人もさぞ立派な曲を創ったのだと思うと、君の作品がいかに感銘を与えたか想像できる。おめでとう。おそらくその差は紙一重だったことだろう。

表彰式とそこでの演奏会に招いてもらってありがとう。行きたい気持ちはやまやまなのですが、体が思うようになりません。歩くのに不自由で、つい億劫になるのです。

それとほとんど毎日、家内のことで胸を締め付けられる思いがするのです。家内の最期のことは前にもハガキで書いたと思いますが、空襲であっという間にやられ、他の亡くなった方と一緒に広場で荼毘《だび》に付したのですが、その模様を思いだすと、その場での光景、姿が、ほとんど毎日蘇り、どうして焼いたのか、と責め立てられるのです。これには神経が参ってしまって、昼間も神経が昂ぶり、心を安らかにすることができないのです。あのときはあれしか仕方がなかったと自分に思わせているのですが、妻の亡霊は許してくれません。どうすればいいのか、困り果てています。

貴君の作品を聴きたい……。でも妻の追っかけてくるような責め苦から離れることができません。このようなことを言うと、貴君の門出に水を掛けるようで申し訳ない気持ちでいっぱいです。いつか、このようなことが収まったとき、会っていろいろと話そう、どうか貴君の健勝を祈っています。これらもなお一層、素晴らしい音楽家人生を送られますように。

北村聖賢》

真男はこの手紙を何度となく読んだ。そして空《くう》を見詰め、じっとしている。百吉が真男の涙ぐむ様子に目をやると、手紙を渡された。百吉も読んで涙した。どうしたらいいかわからない。やがて二人とも北村の苦しみを乗り越えていこうと心に誓った。

表彰式には親子三人で行った。表彰式後の演奏会は器楽（ピアノ、ヴァイオリン）、声楽、作曲の各部門二名ずつによって演奏され、真男の作品は最後から二番目、最後は一位の曲だった。オーケストラの演奏も素晴らしく、万雷の拍手とともに演奏会は終わった。

〝この日〟が終わってからもしばらくは表彰式の余韻に浸っていることがしばしばだった。世の中の人たちに〝客観的〟に認められるとはこういうことか、放心状態から抜けるには少しの時間が必要だった。

コンクールの作曲部門で二位に入ったことは、プロの音楽家の仲間入りができたことを意味する。そのうえ、仕事が舞い込んできた。ある式典で演奏する十分ほどの曲を創ってほしい、ピアノを教えてほしい、などとありがたいことである。それにともない、経済的にも余裕が出てきた。出歩く範囲も広くなってきた。

真男は、こと女性と付き合うことについてはまったくの未経験であった。女性といえば母しか知らない。その母といえば過保護、ときには干渉的ともいえる関係でしかしなかった。いつまでも小さい子ども扱いである。

表彰式・演奏会からひと月ほど経ったある日、ある女性から手紙が来た。

《中條真男先生、

「先生」と言われたのは人生ではじめてのことであり、一瞬、誰のことかと目を疑った。自分に向けられた言葉であることに気がついたとき、悪い気はしなかったが、何故かこそばゆい。そのうち慣れるのだろうか、

中條先生の作曲なさった『新日本の建設』、あのとき聴きに参りました。初めの暗い調子からひととき『古事記』や民話の世界にはいり、安心しました。『古事記』の世界はきっと壮大でロマンに満ちたものであったろうと思いながら、耳を澄ませて、わたしは没入しておりました。最後の、第四楽章に入って、さあ復興だ、前進しようとの意気込みが胸に響いて伝わってきたのです。わたしの想いでは、二位であったとはいえ、一位と同じほどの感銘を受けました。わたしの音楽への憧れをいっそう確実なものにしました。

人生ではじめての晴れの舞台となった表彰式の場面を思い返した。

ぶしつけな、しかも突然のお願いで恐縮ですが、わたしにピアノを教えていただくことはできませんでしょうか。わたしは東洋音楽学校（後の「東京音楽大学」）で一応ピアノを卒業したということになっておりますが、戦争末期のことですから、充分にできておりません。これから音楽、ピアノへの道を進めていきたいのです。

先生のご都合のよろしいときに御宅へ伺わせていただきたいと存じます。

大谷保子》

真男は手紙を読みながら思った。今までは教えられる一方だった。これからは教える立場になるのか、コンクールで二位に入るとはそういうことなのかと述懐した。

手紙の主、大谷保子へ連絡した。自分は今まで人に教えたことはない、どこかの専門的な学校に入って系統的に教わったこともない、いわば〝我流〟かもしれない。それでも良いのであれば、と条件を提示した。

大谷からは〝お願いします〟との返事が寄せられ、話はまとまった。

そして第一回目の練習日、真男はある意味、緊張し、朝から落ち着かない様子であった。だが、時間が過ぎても大谷はやってこない。二時間経っても来ない。ついに諦めた。しかしそれにしても何があったのだろう。手紙を取り出し、読み返した。文脈からみても約束をすっぽかすような気配はみられない。

真男の算段では、大谷の弾ける曲を二、三曲弾かせ、そうすると大体の実力はつかめる。その後これからの練習方法、練習曲、スケジュールなどについて相談しようと胸の内で温めていた。その日は虚しく終わった。何か一抹の不安が残った。

翌朝の新聞を見てびっくりした。大谷保子の父がB級戦犯としてMPと警察によって逮捕されたというのである。住所からみてもあの大谷に違いない。保子は気が動転してピアノの練習どころではなかったに違いない。これからも来ることはないだろう。彼女へのピアノ指導は諦めねばならない。今はただお父さんの疑いが晴れて解放されるのを願うのみだ。それにしても「戦犯」という文字が真男の周辺に降ってこようとは想像だにしなかった。新聞でときたま似たような記事を読むことはあった。まさかそれが……。

前にも同じような記事を見たことがあった。その人は理髪店を経営し、店主として平穏に過ごしていたが、ある日戦犯との疑いで客のいる前から連行されていった。それから家族の悲惨な生活が始まったというのである。将来、たとえ容疑が晴れたとしても、一度は「戦犯」として連行され、近所の人が見ていた事実は消えない。「あそこのご主人は、戦争中、どんな悪いことをしたの？」たえず猜疑心に満ちた目で見られることだろう。

大谷の家はどうなるのだろう。まだ一度も会っていないが、決して人ごととは思えない気持ちを抱いた。

人間、きのうも、きょうも、あしたも、平穏に、平凡に過ごすことがいかに幸せなことか、真男は想いを巡らせたのである。

4

小さなホールで『復興のために』と銘をうったコンサートに参加することができた。会場はまだバラック建てで強風には耐えられない代物。外で忙しく働いている人たちや平和な日本を願っている音楽を愛する人たちに届けたいとの趣旨であった。

童謡、唱歌、民謡などを約一時間半、出演者と一緒になって楽しい世界に浸った。最後には『みかんの花咲く丘』を全員で合唱し、お開きとなった。出口では、ピアノや声楽などの演奏者に花一輪ずつが渡され、慈愛に満ちた音楽会であった。

戦時中の国防婦人会による慰問演奏会ではこのようなことはなかった。出征していく兵士たちに千人針は渡されたが……。

ニッポンは変わった。

思えばあの敗戦の日から二年ほど経過している。

帰り際、初老の男性と若い女性が近づいてきた。男性が遠慮がちに話しかけた。

「わたしは中学校の校長をしております。沢田敏男といいます。こちらにいますのは、音楽の担当で植野木綿子です。突然お呼び止めしまして恐縮です。今、お時間を少しばかりよろしいでしょうか」

真男はこのふたり、学校の校長と音楽の先生であることはわかったが、いったい何の要件だろうといぶかった。

「ええ、少しでしたら」

と言って、部屋の片隅へ寄った。

「すみません。あ、遅れました。わたしの名刺をお渡しします。要件と言いますのは、本校は今年で創立三十周年になるのですが、いまだに『校歌』をもっておりません。わたしたちの学校にも『校歌』をほしいと、教職員や生徒たち、保護者からも声が上がってきました。音楽を担当しているこの植野先生とも相談したのですが、謙遜かどうかわかりませんが、わたしには校歌を創るなんてできません、と固辞なさるのです」

真男は若い女教師に質問した。

「植野先生とかおっしゃいましたね。どこかの音楽学校をお出になったのでしょうか」

「はい、東京音楽学校を出ておりますが、作曲の勉強はしておりませんし、とても……」

「そうですか、あの学校を出ておられるのでしたら、充分実力はおありになることだし、それになにより学校のことをよくご存知ですから、うってつけじゃないですか」

校長はそれに対して口をはさんだ。

「はじめはわたしもこの先生にと説得したのですが、植野先生の言うには、中條先生の『新日本の建設』はすばらしい、なんといっても時代が変わったことの象徴として、ぜひこの作曲者に、と今度はわたしが強く説得されたものですから。それにわたしも先生の作曲された曲にはぞっこん惚れているものですから。それを引き合いに出されますと、それ以上は押せなくなって、それじゃ中條先生に直接お話ししようと思いまして、先生とお会いできるよう願っておりました」

真男は二人の事情は分かった、考えてみようと心を動かされた。その心の裏には、若い女教師・植野木綿子に対する興味があったことは否定できない。

「わたしはまだ『校歌』というものを作曲したことがありません。そもそも作詞はどなたがなさるのでしょうか」

「作詞につきましては、この植野先生を中心に、あと相談役といいますか、二名を加えまして、我が校にぴったりの詞が作れないかと思っております。それを見ていただいて、作曲のこと、お願いできれば、と」

「良い詞をおつくりになるのを願っております。在校生のみならず、卒業してからも何かの折には歌われ、愛校心をかきたてられるようなものがいいですね」

真男はとんとん拍子に話を進めている。中條の様子を見た校長は、植野を地域周辺の案内役に指名した。

「それじゃ植野先生、機会を見て中條先生を学校周辺なり、校歌の詞に結びつきそうなところへご案内してください」

あっという間に話は進んだ。真男は校長の策略にかかったようでもあった。人生経験が上手をいっている。

「地域を歩くのは、近い内の宿題にしてください。今日お聞きしたばかりですし、考える時間が必要ですから。一週間ほどして学校へ寄せていただきます」

校長と植野は、真男がほとんど引き受けてくれた様子なのに半ば安堵した。

真男は家へ帰って落ち着くと、自分でも事がとんとん拍子に進んだことにびっくりした。『校歌』を作曲するということより、若い音楽担当の植野木綿子に動かされた感がなくもない。思えば真男は今まで女性に心を動かされたことはなかった。一途な想いを抱いたこともなかった。生まれてから今まで母親の監督下に置かれていた。小さいころは近所の子どもたちと遊び戯れることもなかった。むしろ一緒にならないように仕向けられた。いろいろな会場へピアノの演奏で連れられて行った時も、同年代の男の子は長ズボンをはいているのに、真男は半ズボンで行かされた。晶子の好みであった。そのため「おい、半ズボンの坊や」とからかわれ、女の子からも小さな子ども扱いされ、相手にされることはなかった。今、ようやく〝母親からの自立〟に向かって動き出そうとしたのである。

コンクールで二位に入ったことで、少しばかりの賞金が入った。自分で稼いだ金だ。植野先生と外で会う機会があれば何かの足しにしようと、ひとり思い描いた。

『校歌』というものについて今までは意識することなく、どこかの校歌を聴いた時、「ああ、いいなあ」と思ったりもしたが、その時はそれで終わっていた。あらためて学校周辺の歴史や風土や地理など、一緒のものとして歌を聴くようになった。

家で校歌について考えるとき、あの学校の地域のことよりも植野木綿子の姿を思い浮かべることが多かった。ほのかな〝恋ごころ〟というものだろうか。初恋というには少し遅いような。

一週間後、学校を訪ねると校長室へ招かれた。真男はこんな若造が校長室へ入っても良いものか躊躇したが、とにかく言われるままに座った。そこへ作詞を担当しているという三名が加わり、新しく創られる『校歌』についての検討が進められた。真男は一人ひとりの意見、考えを聞きながら、横目で植野木綿子の様子を見ている。

「中條先生、どう思われますか」

真男はぎくっとした。話は半分ほどしか聞いていなかった。悟られないように息を整えた。

「そうですね、校歌ですから、歌いやすいこと、学校を取り巻く地域の風土・歴史などが親しげに、この学校で楽しく過ごせたことをいつまで経っても誇りにできるものであってほしいですね。入学式や卒業式のみでなく、同窓会が開かれるときなどでも全員で歌われるでしょうから」

ひと呼吸して肝心の歌詞のことを尋ねた。

「先生方のお作りになった詞を拝見させてください」

校長が、「やはり音楽の植野先生から」と言うと、
植野はいくぶん自信なさげに差し出した。なんといわれるか、不安が先に立った。

「校歌のような曲の詞を創るのが全く初めてのことでして、他の一般の詩とは違うものだと知りました。言葉と音符との関係ということに気を遣いました。それと一番、二番、三番の各言葉のつながりと言いますか、〝音と言葉〟のつながり、意味づけが、勉強になりました」

「そう言われますと、わたしも校歌に挑戦するのははじめてなんです。今言われたこと、肝に銘じて曲の制作に励みます」

真男は歌詞にじっと見入った。

「素晴らしい詞だと思います。このような詞に曲をつけられるのは光栄です」

教員たちに安堵感が広がった。半分はお世辞であったのだが。

「ただ、一番から三番までの歌詞をみたとき、ことばの音数の間で少しのズレと言いましょうか……、歌いにくい箇所がありそうです。作曲の過程で歌詞を少し手直しさせていただいてよろしいでしょうか？」

校長が代表して答えた。

「はい、良くなるのでしたら……。お任せいたします」

渡された詞を持ち帰り、ピアノを弾きながら、あーだこうだと余念がない。ひと息入れるとき

脳裏に浮かぶのは、植野木綿子の顔と声。この仕事、なんとかものにしたいと真男は願った。

大体できたところで母に歌ってもらった。もう何年前になるのか、「国防婦人会」や戦後になっても歌の指導をしている経験を活用しようとした。譜面をみながら歌って、

「なかなかいいじゃない」

ニコッとして言った。

「でも、世の中は変わったのね。つくづく思う。あの頃の歌とまるで違うじゃない。上から目線のお仕着せの歌でなく、自分たちで創っていこうとする。これが真男の言う『新日本の建設』なのね。ところでこの歌だけど、歌っていてちょっとしっくりしないところがあるのよね。二、三ヵ所、ほら、ここ……。メロディーと言葉とがうまく合っていないの。言葉を微調整しないとね」

真男も気がついていたが、改めて指摘されるとしっくりいかないことがはっきりする。歌詞の修正案を苦労しながら考えた。言葉のニュアンスについても頭を悩ませた。先生たちはどういうだろうか。

三週間ほど苦闘したのち、百吉も加わり、三人で最後の詰めを行った。ピアノは真男、歌うのは晶子、聴衆役は百吉と。歌と伴奏はうまく合っているか、第三者的に二人の演奏を聴いている。百吉が言った。

「一週間後にもう一度聴こう。それでパスすればよし！」

晶子は国防婦人会で歌の指導をさせられていた経験を引き合いに出して、注文を付けてくる。

「詞がいかに良いか、それだけを見て人の心を打つか、その心に〝味〟をつけるのがメロディーなのよ。なんといっても声楽においては〝はじめに詞《ことば》ありき〟なのよ」

翌日になって晶子から六ヵ所に赤を入れたのを渡された。真男はそれを見て〝さすが〟と敬服した。


真男は校長室で会ってから約ひと月たって、植野に早く会いたいという気持ちが昂ぶっている。そうこうしているうちに学校へ行けたのは、ふた月ほどたっていた。先生方から渡された詞(校歌の案)を十ヵ所ほど修正した。少しでも引っかかるとピアノを弾き調整する。この部分を直したのはこういうことで、とすべてにわたってその理由を考えていると、ある種の時間が必要だった。先生方にしてみればぎりぎり考えられた「詞」であるため、それに修正を加えることは自尊心を傷つけかねない。説明のときも気をつけようと思った。

校長室で作曲した歌についての説明と修正箇所について説明した。三人は一応納得したようでもあった。後は実際歌ってみることだった。

「ざっとこういう曲ですが、いかがでしょう。一応演奏してみましょう」

音楽室へ行き、真男がまずピアノだけで演奏した。

「それでは次に歌と一緒に、植野先生、楽譜を見ながら歌ってください」

植野は、突然歌うように指名されて少しうろたえた。譜面は今日はじめて見せられたものだ。演奏家は「初見」の大切さは十分わかっているが、たいていは『譜読み』をきっちり行うものだ。この作曲者もそれくらいのことは知っているはずだ。無茶なことを、と思った。

「中條先生、今はじめて見せられてすぐに歌えと言われるのは、ちょっと……」

しかしすぐ、ここは意地でも歌ってみましょう、と妙に燃えてきた。そして三回楽譜に目を通した。植野にも中條に対するある種の感情がある。

「わかりました。歌ってみます」

他の教員たちは息をのむように緊張している。

植野は大きく息を吸い準備を整え、真男に合図を送った。静かに前奏が流れていく。いよいよ歌の部分になった。一番から三番までみごとに歌いきった。校長と二人の作詞者仲間は大きい拍手を送った。いや、この三人だけではなく、廊下を通っていた教員や生徒たちも足を止めて聴いており、大きな拍手を送った。植野は顔を赤くした。何に対して赤くしたのか、初見で歌いおおせたからか、あるいは作曲の中條と心が通じあえたからだろうか。何はともあれ、歌い終わった。充実感がみなぎっていた。

校長は満足げだった。

「素晴らしいじゃないですか。近いうちに生徒全員を講堂に集めて披露しましょう。中條先生、すばらしい『校歌』をありがとうございます」

真男は記念となる校歌の制作が終わって、やっと充実感が湧き出ていた。

植野木綿子は音楽担当教員としての役目が果たせたこと、そしてひとりの若き音楽家と知り合いになれたことに、何かがはじまりそうな予感がした。

5

『校歌』の創作は植野木綿子にとって音楽学校を出て以来の、音楽に対する知識と経験を活かす豊かな時間をもつ機会となった。日頃、学校では音楽担当教員は非常勤でただひとり、しかも女性ということでどこか片隅に追いやられている感がなくもなかった。しかし校歌を制定するということで、校長は音楽に教科としての関心を向け始めたようだ。というより、歌の魅力、歌の力の認識を新たにした様子が窺える。校務の間、少しの時間を見て音楽室を覗きに来るようになった。以前はそのようなことは微塵もなかった。校長のかすかな〝変身〟であった。

真男は『校歌』を創り終えた満足感よりも、一人の女性と巡り合えたことにある種のときめきを抱いていた。若い女性を意識した最初の人物であった。校長室で話しているときもつい植野を意識したり、目を向けるようでもあり、あるいは他の教員の目を意識して避けるようでもあった。淡い恋心を抱いた。

そして別の面では、いつまでも親がかりであってはいけない、ぼちぼち両親の庇護から抜け出す時期であると考えるようになった。しかし、独り立ちを言うのは適当な場所が見つかるまで待っていようと思った。振り返れば今まで、父よりも母の強い庇護、というか支配下での生活であった。何をするにも、どこへ行くにも母子同伴で、服装についても口うるさかった。〝半ズボンの坊や〟と言われたことはいつまでも忘れられない。

親から独立する、と思いつくや、何か良い方法はないものかと考えはじめた。親に言ったときの反応はある程度予測できる。父はある程度理解を示すだろう。だが母は反対するに違いない。理屈よりも感情として。小さいときからずっと〝支配〟してきたのだから、その息子が手元から離れていくことは耐え難いことなのだろう。

ある日、真男は父親が通うオーケストラの練習所へ向かった。終わるころを狙って二人で話ができるのを期待して。

「なんや、ここへ来るなんて、なんかあったんか」

一日の練習が終わり、ホッとしている時であった。

近くにいる楽団仲間は息子がコンクールで作曲部門の二位に入ったことを知っている。

「中條さん、良い息子さんをもって楽しみですね。そのうち一緒に演奏することができたらいいですね」

百吉は苦笑して何も答えなかった。今もコンサートマスターとして楽団の中心人物だ。

「そうだ、もうじき終わる。どこか食事にでも行こう。今日は母さん、遅いとか言ってたな」

練習所の隅から隅までを見渡した。電線や配管はむき出しのまま、修理用のテープがあちこちに貼られている。何かの場所を練習所に転用した感じだ。まだ戦後復興していない急ごしらえの所ではあるが、それでも楽団員たちは清新の気風に満ちて毎日を過ごしている。

練習所からそう遠くないレストランへ入った。食事しながら互いを見つめている。やがて真男は独り立ちしたいことを告げた。

「問題はピアノがあって安い適当な場所が見つかるかどうかなんだよ」

「そうか、いつかはそういうことをいうのだろうとは思っていたが、問題はお母さんだよ。理由らしくもないことを並べ立てて反対してくるよ。でも、真男のためには独り立ちした方が良い。それも早いうちに。生活をひとりでやったらいい。生きるということがどういうものかがわかる。それが音楽にも反映するだろう」

父はそんなことを思っていたのか、それならもっと早くに言えばよかった。胸の中で安堵した。

「しかしな、なんといっても問題は毎月の生活費だ。どのくらいあるんだ？　収入は……」

「ピアノの練習を見ているのが二人、作曲依頼、でもこれはある時、ないとき、さまざま……」

「作曲っていうのは、当たれば多くの人が聴いてくれ、次の依頼に結びつくが、水ものだからな。継続的なものを探さないとな」

「どこか、バラックでもいいし、ただ、ピアノが置けるところでないとね。お母さんはどう出てくるかわからないけれど、とにかく場所が見つかれば移りたい」

「気持ちはわかるが、経済的な見通しをたてんとな」

「うん、わかってる、なんとかしようと思ってる」

と、そこへ女性二人連れが入ってきた。一見するところ、母娘のようだ。真男はどこかで見たことのある、そうだ校歌の、あのときの音楽の植野木綿子だ。胸が急に高鳴った。

「真男、知ってる人なんか」

「いや、その……」

百吉は、真男が動揺しているのをみてとった。

「お前の歳で好きな女性がいても不思議じゃない。よかったら行って挨拶しなさい」

様子は思わず展開した。向こうも気がついて若い女性の方から近寄り、真男に声をかけた。

「中條先生、校歌のときには大変お世話になりました。すばらしい校歌を創っていただいたこと、ほんとうにありがとうございました」

二人が会うのは久しぶり、あのときは互いに相手を意識しながら別れ、その後会う機会にめぐまれなかった、といった方がいいだろうか。そして今日はまったくの偶然の出会い。

「いいえ、わたしこそ校歌を創るということ、はじめてのことでして、良い経験をさせていただきました。お礼を申し上げます。あ、ここにいますのは父です。ヴァイオリンをやってます」

百吉は真男の様子を見ていて、あきらかにこの女性を意識していると直感した。

「わたしも母と来てますの。わたしの第一の理解者なんです。呼びましょうか」

今度は百吉の方があわてた。若い男女の親が席を同じくする、これはなにかを意味することになる。それはまずいと思った。

「いえ、それは、今日は二人とも親子水入らずの食事、〝離れての食事〟としましょう」

百吉はこの〝離れて〟に意味を持たせたかった。

「そうですか、それでは失礼します」

このことがあってしばらくして、真男と植野木綿子は磁石のN極とS極のように互いのことを意識し合うようになった。


ある日、木綿子と推測できる女性から真男宛てに封書が届いた。晶子が受け取り、裏を見ると差出人の住所や名前もない。ただ暗号めいた「ウユ」とだけ記されている。晶子は疑心暗鬼になった。「ウユ」ってなんだろう。このまま真男に渡していいものだろうか。表面の文字から判断すると女性の字、明らかに女性のものである。名前や住所のない「ウユ」がかえって変な想像心を駆り立てた。

帰ってきた真男にぶっきらぼうに渡した。

「誰なの、この手紙の差出人は？　字を見るところ女の人のようだけれど、差出人が書いてないじゃない、変な人じゃないの……」

真男にはすぐに木綿子からのものと分かった。母の問い詰め方に反発を覚えた。

「誰だっていいじゃないか。ボクに来た手紙だろ、詮索しないでほしい」

手紙をひったくるようにして自分のものにした。それからというもの、その日は、ついぞ二人目をあわせて笑顔にはなれなかった。真男にしてみれば独り立ちのことを話そうと思っていたが、この一件で機会を逃してしまった。この分では当分駄目だな、当面は父を味方につけておこうと考えた。部屋で封を開けると手紙と音楽会の切符が入っていた。手紙はそのままにして机の引き出しにしまい、切符は真男の一番大事な本に挟み込んだ。二人で初めていく音楽会なのだ。手紙を引き出しにしまった状態はしっかりと覚えた。

一方晶子は、誰から、どんな要件で来た手紙なのか興味は尽きない。今まで、自分の母親としての支配欲の中で生活してきた息子、もしかしたらそれをくずそうとする者であるかもしれない。手紙の主を突き止めねばならない。真男が「今日は遅いから」といって出かけた日、そうだ、あの手紙を探してみよう。引き出しを隅から隅まで探した。あった。中の手紙は期待に反して一枚だけ。簡単なものだった。「前に話しておりました音楽会の切符が手に入りましたのでお送りします。ご一緒できますのを楽しみにしております」そこにも名前は書かれていない。しかし、女性であることは間違いない。いったいどのような女性なんだろう。日にちをメモし、元あったところへ返した。頭を駆け巡ったことは、真男とこの女性との間はどのくらい進んでいるのだろう。自分の住所を教えるくらいだから、はじめて会った人ではなさそうだ。

真男はその日は遅くに帰り、夕食も取らずに疲れた、と言っただけで寝た。

翌朝、朝食をして手紙を確かめた。あったが、状況が違っていた。表を上にし、しかも九十度置き方が変わっている。これは〝探られた〟と直感した。切符もついでに確認した。確かに「ある」。推理ドラマの筋を追っているようでもあったが、至極簡単に見破ることができた。それから二、三日して変化があった。招かれた音楽会の日にぶつけるように、母は真男への仕事依頼といってどうでもいいことを押しつけた。その日に必然性がないのはすぐにわかり、音楽会に行かせないための方便であることが分かった。

「ぼくら作曲をしている者にとって、他の作品を聴くことは大事なことなんだよ。なんでそんなに邪魔するの？」

晶子だってそんなことは充分知っている。だけど息子が離れていくことへのものさびしい想いにふととらわれるのだった。心の底では、いずれ子どもは親元を去っていく、とわかってはいても。真男は手紙のことは追及しなかった。

日曜の午後、真男と木綿子はホールで隣り合わせに座り、約二時間の音楽を聴いた。終わってふたり談笑しながらまるで恋人たちのような雰囲気で街を散策した。木綿子からは例の校歌が生徒や保護者達からも人気の高いことを聞かされ、真男はうれしい気持ちだった。木綿子はふと話題を変えてきた。

「中條先生に初めてお会いしたとき、ふとしたことで先生のお手を拝見することがありましたの、そのとき、とても大きい、とびっくりしましたのよ。ピアノを弾く人は手が大きいといいますか、手が大きくないと弾きにくいといいますが、生まれつきなんですか？　手の大きいのは」

真男はずっと前の出来事を思いだした。

「いえ、十数年前、あるいは二十年ほど前になりますか、母から指を広げる運動をやらされたんです。母の掛け声で指をマッサージするように引っ張り、〝伸びろ、伸びろ〟と呪文を唱えるようにしたおかげかどうかわかりませんが、こんなになりました。今では一オクターブを越えて先のファまで届きますよ」

木綿子は笑い声とともに、その説明にびっくりし、立ち止まって確かめるように二人は手を合わせた。手の大きいことは証明された。木綿子の真男の手に対する感触、指はまるで鋼鉄のような力強さを感じた。大きな手、鋼鉄のような指でピアノに向かっているんだと感心した。そして二人が笑いあって興じているとき、道路の向かいでは誰かが木綿子の仕草などを注視していた。

木綿子は時計店の時計を何気なくみた。母親に頼まれた用事のあることを思いだした。

「すみません。今日はあのすばらしい音楽を一緒に聴けてうれしゅうございました。もう少しお話ししたいのですが、今日中に片づけなければならないことがあるんです。お先に失礼させていただきたいのです。ありがとうございました。またお会いできますでしょうか」

夕方になり、そろそろ暗くなりはじめてきた。また会いたい、それは真男にとっても望むところである。

「ええ、また近いうちに会って音楽のことなど話しましょう」

「ちょっと学校のことも用事が重なっておりまして、二週間後でしたら……」

ちょうど有名な数寄屋橋を渡っている時だった。

「それでは二週間後の二十日、日曜日、三時にこの橋のたもとで会いましょう」

なんかメロドラマの筋書きの一部をみているようだ。

「はい、わかりました。必ず参ります」

真男にはこの二週間が待ち遠しかった。かつて観た映画の場面を思いだしたりした。淡い恋心が芽生えている。次に逢ったとき、どんな話をすればいいのだろう、食事に誘えばいいのか、いろいろと想像を巡らせた。

木綿子は毎日の授業などに余念がなかったが、ある日校長室に呼ばれた。なんだろう、不安げにドアを叩いた。一分後、その不安は的中した。となりには教頭がいる。真面目くさった顔をして。ますます不安は募った。

「ま、掛けてください」

校長は少し息を整えるようにした。

「いやね、生徒の親からわたしの方へ連絡があって困ってるんですよ。しかも、一人じゃなく、三人くらいから」

木綿子はいったい何事かと考え込んだ。何も悪いことはしていないし……。

二人の間で沈黙のときが流れた。

「といいますのは、植野先生が日曜日、男性と親しく談笑しながら歩いていたとの目撃がありましてね、ご苦労なことにその人は男性が誰かを確かめたというのです。世の中には暇人がいるものです。そして校歌を創ってもらった中條先生ということになり、わたしの方へ来たのです。本当ですか？」

何も隠し立てすることはないと思った。少し黙っていると事実だと思われたようだ。

「本学は堅い校風で来てますのでね、若い女先生の風紀上の問題はちょっと困るんですよ」

植野はどうしてこんなことが校長や教頭の問題にすることか、すぐには理解できなかった。

「たしかに一回、日曜日に音楽会に行ったことはありますが、それ以上のことはございません。どうか誤解なさいませんように」

「わたしは誤解しなくても生徒たちの親御さんがね……」

「たった一回ですし、音楽会に行ったこと以外は何もしておりませんので……」

「この話はもうすでに上の方へ行ってましてね、わたしでは収められなくなっているんです」

木綿子はどうして……と、心は錯乱してきた。三人はしばらく沈黙した。それを破るように校長からの追い打ちがあった。

「先生、学校を替わってもらえますか」

心臓に衝撃がはしった。

「わたしは何とか穏便にまとめようと思ったのですが、上の方から、この際、異動で他の学校へ移っていただくことに……。どうかよろしく。あとのことはこの教頭が取り計らいますので」

鉄槌で頭を殴られたようであった。校歌も一緒になって制定でき、この学校に愛着心をもって励んでいたところであった。今日は水曜日なのに、来週の月曜日から替われという。あまりにも急で理不尽なことだ。涙をこらえるのに必死だった。女性で非常勤であることは、まことに弱い立場である。何も文句は言えなかった。木綿子は涙を呑んで従わざるを得なかった。もう中條先生と会うのは止めよう。今度同じことがあれば異動ではなく、辞職を求められるのは必定だ。ということはもうあの橋のたもとへは行けない。どこで会ったらいいのか、涙は止まらない。

日曜日になった。真男は何も知らない。真男は喜び勇んで家を出た。約束の十分前についた。しかしいくら待っても来ない。ついに一時間、しびれを切らせて帰った。いったい何があったのだ。悲しく道路の小石を蹴っては〝どうしてだ〟と問いつつ帰宅した。木綿子は、あるホール三階の窓から真男の様子をつぶさに見ていた。よっぽど出ていって訳を話そうと思った。でも、それを押しとどめる大きな力が働いた。校長と教頭の思いつめた様子、そこには自らの職がかかっていたのかもしれない。切羽詰まった様子が見られた。若い女教師ひとりも指導できないのかと。

真男の心は曇った。夕食はまるで石を噛むようで、味は何もしなかった。涙を見せまいとした。変わった様子を示すと、母はあの手紙の差出人とのことだと察するに違いない。何かを詮索するだろう。

自室に籠った。暗い部屋で考えた。考えられることを脳裏に描いた。急に病気か怪我をしたのかもしれない。あるいは親から止められたのかもしれない。娘の行動について直観力の働くのはやはり母親である。何かを察知されて妨害された。想像してもどれもそれから発展しない。点と点はどれも線として結び合わない。

あわただしい〝異動〟となった木綿子は、送別会もなく、寂しく学校を後にし、月替わりの朝には新しい学校に着任した。前の学校では校歌を創ることに心血を注ぎ、愛校心も芽生えてきたというのに、なんとも悲しい別れであった。校長からはただ一言、「ご苦労さん」と声を掛けられたのみ。これが人生なのか、これも人生なのか、何もわからないままに次の職場へと移った。そこにはまだ世の中のしがらみも知らない純粋な少年たちが待っている。それに期待しよう。

翌朝になっても、真男は何が何だかわからないうちに現れなかった木綿子のことが気がかりとなり、落ち着かない。どうしたらわかる？　自分の住所を教えたとき、木綿子からは言わなかったので、聞くと悪いと思って遠慮したのはうかつだった。今となっては探しようがない。学校の先生方が下校する時間帯を狙って近くへ行った。何食わぬ顔をして。でも自分の顔は知られている。聞くのはためらった。少し暗くなりかけたころ、用務員らしき人を捕まえて聞いた。

「あの、すみません。植野先生、音楽の先生はもう帰られたでしょうか」

まったく予想外の答えが返ってきた。

「あ、あの先生ね、学校を替わりましたよ。なんでも風紀上のことがあったとか。近ごろの若い女先生、何を考えているんでしょうかね。戦時中はこんなこと、なかったのに」

風紀上の問題で学校を替わった、びっくりした。まさか音楽会のあった日に、一緒に歩いていたのが悪いのだろうか。もしそうだとしたら自分にも責任がある。どうすればいいのだろう。変わっていった学校名を聞くことはしなかった。植野に迷惑にならないように、ここは引き下がるのがいいのだろうか、少し時間をおいて考えることにした。

6

音楽コンクール入賞者の一人から連絡が来た。ともに音楽の道を歩んでいる者同士、あのときの仲間で情報交換、経験交流などのために集まろうではないかとの趣旨であった。伝え聞くところによると、すでに地歩を築いている人もいるらしい。そういえば表彰式・演奏会の後、皆はどうしているのだろう。真男は興味をもった。「出席」の返事を出し、当日に臨んだ。スーツを着、ネクタイをして革靴姿、年に何回あるかしれない正装姿だ。

十人ほどの参加者であったため、互いに談論に花が咲いた。すでに第一線で活躍している人はやはり生き生きとし、いまだにお呼びのかからない者はどこかくすんだ表情がみてとれる。参加者名簿を見ると、遠く京都から来ているピアニストがいるので、声をかけた。

「京都からお見えですね。遠い所ありがとうございます。わたしは以前、京都に住んでいました。お会いできて懐かしいです」

ピアニストの太田治稀は自分に最初に声をかけてくれて大喜びだった。

「あ、そうですか。それは嬉しい。京都のどのあたりにおられました？」

京都のなんという所にいたか、すぐには思い出せなかった。

「京都から東京へ移ったのは、ほんの少年だったので地名などはもう忘れました。こちらに来て何年になりますかね。東京へ来てからも空襲があるので、一時　京都へ避難していたこともありました。東京で酷い目に遭い、京都へ行った時、そこには〝普通の街〟があり、ホッとしたのを憶えています。それから東京へ……」

太田は、京都には空襲がなかったとの思い込みを払拭しておきたかった。

「京都は空襲がなかった、と思われがちですが、実際はあったのです。ただ、他の大都市や中都市が壊滅的にやられたのに対し、小規模であっただけなのです。また京都へおいでください」

「はい、行きたいですね。なんといっても生まれてから少年期までを過ごした街ですからね」

あちこちで交流の輪が広がっている。入賞者のなかで特に光っていたのは、声楽（ソプラノ）の種田浩子であった。オペラにも出演し、新聞や雑誌などでもみかけている。小さいころから歌で引っ張りだこだった。きれいな澄んだ声はまわりによく響いている。グループの輪ができてすぐからの中心的存在のようだ。学校や地域などでも望まれればどこへでも出かけ、親しまれている。戦時中は他の声楽家と同じく、慰問演奏へ行ったり、軍の要望にも応じていたという。戦後になってもう一度勉強したいと東京音楽学校へ復学したが、学ぶよりも未帰還教員の穴埋め的に使われ、学生兼教員との状況であった。学生からみれば、種田は教員なのか学生なのか判別できなかったくらいだ。ある時は「先生」、あるときは「さん」と混乱した。

声楽の練習にとって伴奏者選びは重要なことである。ピアノの演奏が上手だからといって伴奏もできるかといえばそうではない。独奏で実力を発揮し有名な人は、自己主張が強く、人に合わせることに無頓着な人もいる。歌い手にとって歌手を支えてくれる人、歌手の能力を存分に引き出せる伴奏者との相性がまず求められる。

だんだんアルコールがまわってくるころだ。種田浩子にとって酔いがまわらないうちに話しておくことがあった。伴奏ピアニストを探すことだった。作曲で二位になった中條真男に目を付けた。ちょうどひとりでいる。

「あの、中條……先生とお呼びすればいいのでしょうか」

真男はときどき「先生」と呼ばれることはあっても別段気にしていない。

「いえ、どちらでもいいですよ。先生でも、中條さんでも。中條さんの方が気が張らず、いいんじゃないですか」

「それじゃ、中條さんと呼ばせてもらいます。わたし、タネダと申しますが、実は、ピアノで伴奏してくださる方を探しております、どなたかご存知ではありませんか」

「どなたの、種田さんの伴奏ですか。今までの方はどうなさったんです。なかなかうまくいってたんじゃ……」

種田は声楽の世界ではすばらしい素質をもっている。人気も高い。新聞や雑誌などでも取り上げられ、そのうえ美人ときているため、なおさらの評判だ。

「それが遠くへ引っ越しされたんです。引っ越しを告げられて半月ほどで行ってしまって……」

「それは困りましたね。わたしはソリストなので、伴奏には向いてません。自分でピアノは弾けても人を引き立てるようなことはしてませんからね。どなたかいたら連絡しましょう」

種田は引かなかった。ことは急いでいるようだ。

「いえ、何人かあたったのですが、みなさんご辞退なさって。前の方と同じような人、と求めていたものですから」

「伴奏ピアニストって、難しいんですよね。そういうこと、ちょいちょい聞きます。伴奏者は歌い手をサポートし、歌手の能力を最大限発揮できるように、ときには自分の個性を抑えることも必要だと、どこかで伺いました。それが正しいのかどうか知りませんが」

「いろいろとお詳しいのですね」

種田はここで一押ししてみようと思った。

「中條さんにお願いできないでしょうか。家もそう遠くないと、あ、この名簿で見ますと……」

「あ、それは両親の住んでいるところで、わたしは近所にバラックを借りて一人でいます。人間、この歳になると独り立ちする方がいいと思いまして」

「わたしの練習所は家の近くに知り合いから借りて使っていますの。なんといいましても防音がきちんとしてませんと、ご近所に迷惑になりますから。グループとかまとまった形での練習は学校を借りてますが、日常はそうしております。伴奏のこと、お考えくださいませんでしょうか？謝礼、いえ伴奏料はそれなりに出させていただきますので」

真男は腕を組みながら考えた。そして結論を出した。

「それでは二回ほどの〝試し伴奏〟ということでいかがでしょうか？　わたしにとって伴奏というのは初めてのことですし、向いているかどうかわかりません。種田さんの方でもわたしがこれからも伴奏を頼めるかどうかを判断していただく。いわば〝相性〟が合うかどうか、合わなければ次の人を探してもらうということで」

種田にしても、声楽仲間で新しい伴奏者を頼んだがうまくいかず、半年ほどで四人にあたった経緯がある。独唱者と伴奏者との関係って意外にも難しいことを悟った。

「それではおっしゃるとおり、二回お願いします。楽譜はお家へお送りすればよろしいでしょうか」

「はい、いいですが、できれば一ヵ月ほど、遅くとも三週間ほど楽譜をじっくり見る時間をください」

こうして真男は種田の伴奏役を二回引き受けることになった。二回の伴奏を引き受けることにはなったが、真男にはなお不安がある。二回伴奏をして向いていないからといって、さよならをするには酷だと思っている。辞めるにしても納得してからにしたい。ピアニストの何人かに〝伴奏〟について聞いた。要は独唱者と伴奏者との気心が通じあえるかどうかだということが分かった。独奏者としての実力が素晴らしい人でも、その人が伴奏（声楽や楽器の伴奏）者に向くかどうかは別問題だと。伴奏者に求められるのは共感できること、自分の意思を前面に出さず合わせることだ。自分にはどれも欠落しているように思える。はたしてできるのだろうか。

楽譜は思ったよりも早く届いた。無理を言ってすまないとの手紙と練習所の地図が同封されていた。ドイツ歌曲らしい。瞬間に劣等感を抱いた。自分はドイツ語ができない。こんなことならドイツ語を勉強しておけばよかった。ドイツ、といえば戦時中は互いに枢軸国であって、米・英のように敵国ではなかったことを思いだした。そのうちオペラもくるのだろうか。オペラといえばイタリア語。劣等感が押し寄せてきた。曲を弾くことなら何千回も弾き、かなりのものは暗譜もしている。しかし、外国語の理解には手に負えないと愕然とした。

楽譜二冊をじっくり見た。一冊ずつ最初から最後まで丹念に読み、しっかりと〝譜読み〟をした。暗譜にかけては自信がある。今までの何百冊もの楽譜を頭の中にしまいこんである。作曲者・曲名をいわれるやすぐに弾くことができる。どの楽譜の〇頁か、と指示されても弾くことはできる。かつて〝神童〟とまで言われたのだから。種田浩子は自分がそこまで暗譜力があるとは知りはすまい。驚かせてやろうと思った。三週間後には二冊とも暗譜ですべて弾けるようになった。

約束の日に指定された場所へ行った。種田から時間配分などで説明があった。

「声楽の練習といいますのは、ピアノや弦楽器などと違い、六時間とか八時間という長時間しません。二、三時間です。今日は十時ころから約二時間練習して昼食。あ、中條さんの分も用意してきました。そして午後は一時間ほど、ということになります」

「合計で三時間ですね。わかりました」

「それじゃ初めから一〇〇小節まで弾いてもらえますか」

種田にしてみれば当然ながら楽譜を手にしてピアノの前に座るものと思っていた。それが手ぶらで座ったのはびっくりした。

「あの、楽譜は？」

「鞄の中にあります。なしで弾けますから」

すごい自信だと驚嘆した。今までの伴奏者はみな楽譜に食い入るようにしていたのとはまるで違う。このピアニストは天才だ！

真男に対する評価はひとつ上がった。一〇〇小節までの演奏、これまた見事だった。さすが元神童の実力者だ。真男は種田が歌っているあいだ、美貌に見とれている。声楽をしている人はみなこんなに美人揃いなんだろうか。酔いしれている。

午後の練習も終わり、謝礼を渡された。家で開けてみると、それなりの金額が入っていた。

二回目の練習もつつがなく終えた。種田はことのほか喜んでいる。

「中條さん、いえ、わたしにとっては中條先生だわ。あともう二回お願いしたいのですが、その二回でこの曲はほぼできるところまで行くと思いますが」

「わかりました。それじゃあと二回」

真男にはこの美人歌手を失いたくない気持ちが働いている。

「次の練習日は出来栄えをわたしの先生、師匠と慕っている方に聴いていただこうと思いますの。よろしくお願いします」

真男はその人の名前を聞いて会えるのを名誉に思った。

「ええ、いいですよ。わたしもその先生にお会いしたいですから」

三回目のとき、種田の師匠という大先生が来られた。名前の知れた方で、新聞やラジオでもときどき名前を見ている。真男はそんな人と会える喜びに期待している。その人の名は北大路文哉といい、わが国の音楽界の重鎮であった。そのような人を師匠と仰げる種田は幸せ者だ。北大路と真男との紹介が終わり、いよいよ練習が始まる。例によって真男は今日も楽譜なしでやるつもりだ。

「それでは今日はどこから始めますか」

「はじめからお願いします」

北大路はやや後ろの方に椅子を移動して座った。目を閉じて前奏を聴き、歌いだすと目を開け、種田の歌っている表情を追い、ついで伴奏の手元を見た。おや、楽譜がない、曲はどんどん進んでいくのに、頁をめくることもない。ほとんどの声楽の発表会へ行っても、気になる伴奏者の頁をめくる音がしない。時にはあの音が気になっていたものだ。それがない。そうこうしているうちに曲は終わった。

種田は北大路に批評を求めた。

「先生、どうでしたでしょうか。何かお願いします」

「うん、良かったよ。それよりね、ピアノの伴奏の方、この楽譜の全部を覚えておられるのですか？　曲は進んでも頁をめくる音はしなくてびっくりしてたんですよ。ピアノ伴奏者の常識を覆しますよ」

真男は謙遜しながら答えた。

「楽譜はもう全部頭の中に入っております。何頁から、といわれますとすっとできます」

「いや、失礼ながら、お名前は何とおっしゃいしました？」

紹介されていたが、種田がもう一度口を添えた。

「中條真男先生です」

浩子はいくぶん不満気味だ。

「お名前はお聞きしました。よく覚えておきます。あ、肝心のいまの歌のことですが、充分によくできております。これからもこの伴奏の方にお世話になって精進してください」

浩子は月並みな評言にもう少し実質的な言葉がいただけるものと思っていた。それからしばらくして北大路は用事があるとのことで出ていった。種田からは二ヵ月先に声楽の三人で「発表会」をするので、自分の歌う曲について是非伴奏をしてほしいと頼まれ、引き受けることとなった。真男にとっては収入源でもあるからだ。

この発表会の企画・広報宣伝からすべてを担当している音楽事務所から提示された伴奏料は低かった。真男は文句を言った。

「わたしは三年ほど前の音楽コンクールで作曲の部で二位だったんですよ。実力に沿った金額を出してほしいですね」

事務所の担当者は応じない。

「けれどもこれは事務所で決まった規定ですので」

「それなら下ります。伴奏者をそんなに低く見ないでください。他の伴奏の方もみな伴奏なりに相当の練習をしているのです。時間と労力も使っているのです」

真男は決して自分を安く売ることはしなかった。音楽事務所はそれでも引き下がらない。

「わたしは帰ります。他にも仕事はあります」

びっくりしたのは種田浩子。帰ろうとする真男を引き留めた。

「すみません。練習もここまできてますのでなんとか思いとどまってください。後は私が何とかしますから」

浩子の必死とも思える〝とりなし〟でようやく場は収まり、残された練習は続いた。種田の胸のうちではこの発表会をなんとかやりとげねばならない。わたしから音楽事務所に掛け合い、うまくいかなければ身銭を切ろうとまで考えるに至った。

終わってしばらくして二手から伴奏料が払われた。真男は深く詮索しなかったが、一方は種田の個人的支出かもしれないと思ったが、知らない方がいいのではとありがたく頂戴した。

発表会は満員だった。三人の声楽家たちも切符の販売に苦労したことだろう。浩子も満足だった。終わってあと二回の伴奏を頼まれた。真男にしてみれば前の発表会での伴奏料が二手の分で期待以上になったため断りづらかった。練習所へ行くと浩子は申し訳なさそうに言った。

「すみません、ここの管理をなさっている方との約束がきちんとできていなかったようで、今日は別の予約が先に入っているようなんです。わたしの家ではいけませんでしょうか。ここから五分余りの所です」

案内された浩子の家は、戦後の急ごしらえで造られた感じがする。ピアノは玄関の次の間に置かれており、その部屋はもっぱら浩子の練習に使っているようだ。女の子の部屋らしく、きれいで清潔感が溢れている。

「いつもは母がいるのですが、今日は親戚の法事で父と一緒に出掛けておりますの。ですから気兼ねなく音を出せますわ」

そういいながら片付けている。

「こういうことになるのでしたら、もう少しきれいにしておきましたのに」

真男はしばらくするとピアノに慣れ、場の雰囲気にも溶け込んできた。二時間ほどの練習はつつがなく終わった。真男は浩子の声、リズム、抑揚などに合わせることに慣れてきた、というか二人に調和がとれてきた心地になったとともに〝伴奏ピアニスト〟の苦労がわかりかけてきた。

その日に予定していたことは終わった。二人ともホッとしている。いつもの練習所とは違い、浩子にとっては自分の家という落ち着きがある。奥で何やらしているらしい。用意してきたのはビールとおつまみだった。乾杯の後、練習とは変わって楽しい雰囲気になった。アルコールは会話を滑らかにしていく。ときには笑い声とともにいろんな方面に話題は向けられた。一時間ほど経ったのだろうか、すっかり酔いがまわってきた。二人には沈黙のときが流れた。次の瞬間、体が合わさった。男女の〝一線〟を越えてしまったのだ。二人ともぎごちなくはじめての所作にまごついていたが、やがてことは終わった。浩子は涙を流している。そっと拭っている。〝はじめての証拠〟をわからないようにしているあいだ、何も語らなかった。

両親が帰ってきたときは、真男は既に帰った後ではあったが、何もなかったかのようにふるまうのは、苦しいことだった。

二週間後、いつもの練習所で会ったとき、浩子はよそよそしい態度をしたが、それでもいざ練習開始、となると緊張して臨んだ。

あの日以来、条件が許せば二人は情交に及んでいる。浩子はふと思った。このままずるずると続けていると取り返しのつかないことになるかもしれない。それはとりもなおさず「妊娠」を意味することだった。ケジメをつけねばならない。母にも言えないことで悩んでいる。しかし、中條真男という優秀なピアニストを失うわけにはいかない。しばらくして二人は相談し、結婚したい意向を両親に話した。両家、いろんな思惑が働いたが、結局、結婚は許された。

半年後、二人は結婚した。

若い二人の両親も手放しで喜び、新居の家具、調度品の準備から細部に至るまで、心配りは十分すぎるほどであった。浩子の母は、「早く孫の顔を見たいわ」と、新婦の母親らしく内面をのぞかせた。

真男の母は、小さいときから愛息子をピアニストにするまでに育てた大事な息子を見知らぬ女にとられるような気にもなったが、百吉のとりなしもあり、二人の門出を祝う気持ちに変わった。

めでたい、と音楽家仲間からも大いなる祝福を受けた。優秀な作曲家・ピアニストと、これまた将来を有望視されている声楽家との結婚、音楽家仲間からは妬みさえ招いた。

二人、家でくつろいでいるときには、音楽談義に花が咲き、時間の経つのも忘れるくらいだった。真男は家にいる時は家事にも手を出し、といっても浩子のつくった料理の味付けに「うん、うまい」と言ったり、食器の後片付けをする程度ではあったが、なぜか真男の分担としていつしか部屋の掃除をすることになった。前もって溜めておいた用済みの茶葉を濡らしてギュッと絞り、それを隅々にまいてホーキで掃き寄せる。それがなぜか〝快感〟と感ずるのであった。掃除の終わった気持ちの良い部屋でピアノや声楽の練習をする、新鮮な気持ちになって難しい曲でもできそうな心地になる。

しかし、ボタンの掛け違いというものは、注意していても起こるものだ。

ある日、真男がいつもと同じ方法で掃除をしている時、浩子の大事にしているイヤリングに気がつかなかったことがあった。ゴミ箱へ知らないうちに捨ててしまっていたのだ。そうとは知らない浩子は、あの好きなイヤリングをどこに忘れたかと、懸命に探している。真男も一緒に探しているがみつからない。二、三時間も経ってしまった。浩子はフーッと息を吐きながら椅子に座って考え込んでいる。それほど大事なイヤリングなのだ。それは、浩子が声楽の全国コンクールで優勝したとき、副賞として授与された特別のイヤリングであったから、大事にしている思いは特別だ。

十分ほどうとうととした瞬間、ひらめくものがあった。

「あなた、掃除するとき……」

立ち上がるや、ゴミ箱の中に捨てられた茶葉を広げ、探しはじめた。ホコリが舞うのも頓着しない。まるで刑事が捜査するように目を光らせている。その中に光るものが……。

真男はうろたえた。注意して掃除したはずなのに、うかつだった。何度も謝ったが許してくれない。

「あなた、いったいどういうことなの。わたしが大事にしていること、知っているでしょ」

次の瞬間、怒りとも思える目は真男に向けられた。

「あった」

「もう、あなたに部屋の掃除は任せられない。これからはわたしがやる！」

ここまで浩子が断固とした調子で言うとは思わなかった。真男はまずいことになった、と思ったが、そのうち収まるだろうと思っていた。

しかし、これを機に二人の間に隙間風が吹くようになった。浩子には何かふとした時に、あのように粗末に扱われたイヤリングのことが思い出されるのだ。はじめはわずかだった隙間風が、少しずつ目立つようになっていった。それは音楽談義にも影響してきた。話していて二人の意見がかみ合わなくなると、以前なら丸く収まっていたものが、徐々に広がっていく気配を呈した。声楽家とピアニスト、互いの思いは妥協する方向へは向かわなかった。浩子の声楽練習でも、ピアノ伴奏者として前のように息の合うものではなくなった。はじめてもすぐに中断することもある。浩子の口調にはとげとげしささえ感じられるようになった。互いに自己主張をし、折り合うことを半ば忘れてしまった。傷口は大きくなっていった。

真男にとってももはや伴奏をできる関係ではなくなった。ある朝、浩子は嫌な予感がした。体調の変化に気づき、不安は的中した。妊娠していたのである。それを知って真男はいたわらなくてはとの思いをもちつつも、一度壊れた感情は修復しづらくなっていた。回復させようとしたが、少しのほころびはだんだん大きくなっている。

悲劇は起こった。

浩子が階段を下りようとした時、足を踏み外したのか転げ落ちた。キャーとの悲鳴とともに落下し、横に倒れた状態で失神した。救急車で運ばれた病院で死亡が確認された。あまりにも急なことで、真男はただただおろおろするばかり。医師は衝撃に伴う子宮破裂による失血死と判断し、警察は事故によるものと結論付け、事件性は認めなかった。

納得しないのは両親。

夫である真男が、不仲のなかで上から突き落としたものであるとして警察に訴えた。警察は一応調べることはしたが、確固たる証拠がないとの理由で取り上げることはなかった。

新聞はこの問題を取り上げ、何か尻尾はないかと真男へ絶えずのつきまとい、嫌疑を読者に抱かせるような報道ぶりであった。このような破廉恥なことでうわさが広まると、たとえ「白」でも、クラシック音楽界にとって仕事に影響することは避けられない。真男とて例外ではない。陰に陽になかば音楽界から見放されていき、仕事は来なくなった。

真男は悲嘆にくれ、一日中家に閉じ籠り、ひたすら作曲に興じるのであった。

両親も暗い心の日々を過ごしている。百吉は一歩誤れば〝殺人者の父〟と指弾を受けることになる。真男の父であることは、多くの楽団仲間が周知のことだ。楽師長としての地位も危ういことになるかもしれない。いや、確実になくなるだろう。たとえその地位にいたとしても楽団員からあの人の息子は殺人容疑で……、となれば信頼されないことは明らかだ。息子が音楽コンクールで作曲の部で二位に入ったことで音楽の世界では名を知られるようになった。今度は外部からみれば幸せの絶頂期に起こった不祥事が呪縛となり、精神的重圧となっている。人生の場面はめまぐるしく変転する。

晶子にしてもしかり、亡くなった息子の嫁がかわいそうで切ない気持ちがこみあげてくる。本来ならかわいい孫を見られたのに。浩子のことを思いだすと平常心ではおれない。二人にどのような行き違いがあったのか親にはわからないが、音楽という共通のものをもっており、もっと理解しあえなかったものかと悔やまれる。音楽仲間の集まりでこの事件のことが話題となり、優秀な声楽家を失くした思いをにじませられると、どうしても涙は止まらない。その場にいたたまれず立ち去ることもあった。ある日のこと、会えば気軽に話せた人が、「このたびは……」と言っただけで離れていく。ただ離れていったというより、自分を白眼視しているような視線を察知した。

両親とも社会の厳しい目の中で暮らしていかねばならない現実を直視した。

真男は忌明けにあたる日に花をもって種田家を訪れた。母は真男の姿を見るなり戸を閉め、「来ないでください。帰って！」、邪魔者を追うように玄関を閉められた。花を玄関に置いて去ったが、後で気がついた母はその花をゴミ箱に直行させた。

両親は、二人は結婚以来互いにいがみ合っていたこと、喧嘩が絶えなかったことを娘から聞いている。妊娠の発覚と気分が悪くなって階段を転げ落ちたことが直結し、真男の仕業であると信じて疑わなかった。

7

真男は家に閉じ籠ったきりである。

日によっては一歩も出ないこともある。社会の目が怖い。どうしようもなく自分に厳しい目が注がれている。人と話すこともない。孤独状態である。時たま実家へ行く。今日も十日ぶりくらいで行った。実家へ行く主な目的は新聞を読むことだ。社会の情報入手はこの古新聞に頼っている。新聞をじっくり読んで世の中のことを知りたい。

晶子は夫と二人読み終わると、日付順にきれいに揃えて息子の来るのを待っている。いつ来てもいいように。あの事件以来、親子の関係は疎遠になって、互いにわだかまりのようなものを抱いている。

家には誰もいない。持っている鍵で玄関を開け、椅子に掛けて新聞を広げた。一面から最後まで、まるで新聞代を取り戻すかのようだ。世のなかにさまざまな形で生起していることを、活字の向こう側まで見ようとしている。ある記事にふと目が留まった。「学徒出陣、音楽の会」戦時中に出陣した音楽学校の生徒たちの集まりだ。ふと思った。あの豊島与志雄に会えるかもしれない。ハサミでその記事を切り抜き、ポケットにしまった。今となっては、純粋な気持ちでわだかまりなく話ができるのは豊島だけのように思った。彼と会おう。

会場へ行った。なかなかわからない。よく見ると毛筆で「学徒出陣生、音楽の会会場」と書かれている。真男は学徒出陣生ではないが、特別に入れてもらった。お目当ての豊島与志雄の姿を探した。松葉杖で来ているのは一人ではなかった。参加者には悲惨さよりも、どこか明るさがあった。やがて豊島を見つけた。たちまち二人の顔はほころんだ。抱き合い、互いの健康を確認し合った。

「豊島さん、わたしはあのとき、あなたを探したんですよ。何人かに聴きました。でもわからなくて、心配してましたよ。でも、いつかは会えると信じてました。その思いが今日、ここで実現しましたね」

豊島も懐かしがっている。

「中條さんにはお世話になりました。何のつながりもない私に親切にしてくださり、ヴァイオリンをどこかで借りてきてくださり、貸してくださいました。久方ぶりのヴァイオリンでした。人びとの行きかう路上で弾いた『G線上のアリア』、一生忘れることができません。何人かの方がたは足を止め、耳を澄ませて聴いてくださったのです、私の拙い演奏を。終わって涙が止まらなかったのを忘れません。静かに思いました。片足の半分はなくとも、このようにヴァイオリンを弾くことはできる。これをバネに生きていこうと考えました。アコーディオンの路上演奏でひと様から施しを受けて今でも生活してます。もういちど、ヴァイオリンを弾いての生活ができないものかとあちこち当たっておりますが、どこも色よい返事はありません。もしかしたら、片足がこんなだからでしょうか？　もしそうなら、わたしは言いたい。このようになったのは、わたしの落ち度や責任ではありません。お上の命令によって軍需工場へやらされ、米軍の機銃掃射というやつにあったからなんです。そのことを口を酸っぱくして言いたいです」

豊島の口調はどこか興奮気味だ。

真男は真剣に聴いている。もしかしたら自分も同様の運命になっていたかもしれない。そのように思うと他人ごとではない。

「なんとか仕事先が見つかるといいですね。前にも言ったかもしれませんが、父はある楽団で楽師長をしております。もしかして何かの〝口〟がないか聞いてみましょう」

「会」がはじまると、いつしか話題は壮行会で演奏されたベートーヴェンの『第九交響曲』に花が咲いた。あの降りしきる雨の中、じっと聴いていた出陣していく学生たち。この曲には何か偉大な力があるように思え、こみあげてくるものがあった。お上からは命を捧げよといわれたが、この曲を聴いて必ず生きて還ろうと決心した。二、三人がそのように発言した。輪の中には相づちを打つ者もいた。

父にこの会のことを話した。忘れなかったのは、かつて路上でヴァイオリンを弾いた豊島与志雄のことだった。すぐに思いだしてくれた。

「ああ、あの青年、トヨシマとかいったな。わたしがヴァイオリンを借りてきてあそこで弾いてもらった。あんなところでとは思ったが、仕方なかった。他に場所がなかったもんだから……」

真男はここでひと押ししようと思った。

「その彼なんだけど、今、仕事を探しているの。できればヴァイオリンを弾きたい、といっているんです。なんとか……」

助けてやりたい気持ちはわかるが……。

「でも、弾かなくなってかなりの空白があるんだろ。毎日、厳しい練習をしていてこそ、実力は維持されるものだ。お前も知ってるだろ？」

「それは知ってる。どうだろう、この前はお父さんひとりで聴いていた、今度は楽団の何人か、たとえば弦楽器の人たちで聴いてもらうとか、できないだろうか。彼のこと、なんとかしてやりたいのです」

百吉はじっと考えている。真男の熱心な思いに少し心を動かされてきた。ふと思い出した。第一ヴァイオリンの彼が辞めるとか言ってたな。郷里へ帰るとか。しかし、自分ひとりではなにも決められない、それに簡単に団員を増やせられない。切り詰めた予算で楽団は運営されているのを充分に知っている。戦後の復興がまだ道半ばの今、音楽を聴くことより、三度のメシの方が大事な世の中でもある。

「ちょっと相談してみるから、待ってくれ」

それから数日して話があった。

「それじゃ、弦楽のパートで一度聴いてみようとなった。今度はお父さんのヴァイオリンを貸すよ。今度の土曜日、午後二時に練習所へ来るように言ってくれないか」

真男はこれで一歩、いや半歩前へ進める予兆がしてきた。あとは「その日」がうまくいくのを願うのみ。

土曜日、豊島与志雄は仲間と真男に付き添われて練習所へやってきた。緊張の面持ちだ。百吉は気を和らげようとした。

「さ、ここで休んでください」

女性団員がお茶を運んできた。

「今日は三曲を弾いてもらおうと思います。一曲目はいつか路上で聴いた『G線上のアリア』、後の二曲はここに楽譜が用意してあります。初見かもしれませんから、じっくりご覧になってください。三十分ほど時間をとりましょう」

言い終わると楽団員たちは立ち上がり、休憩に入った。

三十分後、弦楽（ヴァイオリン、ヴィオラ、チェロ、コントラバス）のメンバーは後方に陣取って聴く態勢でいる。

まず『G線上のアリア』、静かに流れるこの素晴らしい曲、ここで団員の心を虜にした。次いで二曲、これは初見の曲でつい三十分前に譜面を渡され、目を通すように言われたものだった。静かに、真剣に聴いている。豊島もこの上なく心を込めた演奏に心酔している。まるで自分のこれからの人生が決められるような思いでもある。

演奏後、静寂のときが流れた。

豊島は別室で待たされ、その間弦楽器の団員たちによる「選考」が行われた。活発な意見が出された。彼の技量については申し分ないという意見が七、八割、あとはやはり相当期間のブランクのあったことを感じさせるというもの。しかし、練習を積み重ねればモノになるだろうとの点では一致した。結論は出た。豊島が皆の前に呼ばれ、選考結果が楽団長から告げられた。

「弦楽のパート全員で協議しました。あなたの音楽には感性が豊かで情熱が表れており、それに何か〝光るもの〟が見受けられます。『G線上のアリア』には心を打つものがありました。ほかにもいろいろと意見がでました。その結果、六ヵ月間の『試用期間』を前提に加わっていただく、六ヵ月間の状況が良ければ正式に採用、ということになりました。いかがでしょうか。あ、もうひとつ条件があります。なるほどよく弾けていたのですが、練習の空白、すなわちヴァイオリンに触れていない期間があったのがわかる、と指摘がありました。その点をこれから払拭してください」

豊島は特に最後に言われたことには心を醒まされたが、本当のことだった。そしてほっとした。これで最低限の生活ができる、「施し」から抜け出せる、正直な気持ちだ。

「よろしくお願いします。最後におっしゃったこと、肝に銘じて練習に精進して皆様の仲間として恥じないように頑張ります」

真男はひと安心した。

楽団長の言ったこと、感性、情熱……、これらは単なる音楽技術上のことではない。この青年の人世には、学徒出陣、軍需工場での労働、爆撃、さらには片足の膝から下を失ったこと、戦後になっても、生活苦などからくる〝苦悩〟が底辺に流れているのではないかと思った。豊島は充分承知していることだろう。

路上の施しから脱出し、自立の生活を送ること、あとは豊島の努力いかんにかかっている。

8

ある日、思いがけない所から演奏の依頼が来た。〝刑務所〟からだった。以前に学校の「校歌」を作曲した学校の校長が退職後、刑務所の篤志団体の世話人をしており、年に数回行っている催物に音楽会（歌とピアノ）をできないかと企画した。演奏者を探しているうち、ピアニストとして真男の姿が思い浮かんだようだ。真男は、どうしてボクが選ばれたのか納得がいかないままに引き受けざるを得なくなり、当日を迎えた。歌手はソプラノ、事前に二回、〝合わせ〟とリハーサルを行っている。前半は童謡・抒情歌でソプラノ歌手のみごとな進行でプログラムは進んだ。配られた「歌詞」をみながら受刑者たちははじめは戸惑いながらも次第に慣れ、すっかり歌手の魔力に取りつかれたようになり、いつしか知っている歌を口ずさむようになった。彼らにとって、久しぶりの楽しいひと時だった。

後半は真男のピアノ演奏、楽しい曲、しんみりする曲、最後にはなんとベートーヴェンのピアノ・ソナタ『悲愴』を弾いた。あえてこの曲を〝トリ〟にもってきたのは、それなりの理由があった。ベートーヴェン自身で名前を付けたといわれる数少ない曲、『悲愴』。この曲を作曲するに至った悲しくて痛ましい自身の思い、自己のみでなく、人間が生涯出合うさまざまな悲しみ、困難、痛苦をこの曲で表現したかったのだろう。

真男もこの歳にしてさまざまな困苦を経験してきた。ある意味、受刑者と同じ思いに立ちたかったのかもしれない。

『悲愴』の演奏がはじまって何分かたった頃、一人の受刑者が泣き出した。何があったのだろう、看守は彼の方に注目している。第二楽章に進んでくると、その泣き声は周囲だけでなく、講堂中に届くまでになった。看守は目配せをして、彼を連れ出そうとした。彼は抵抗した。

「いやだ、このまま聴かせてくれ!」

それ以上、看守はすることができなかった。

十八分ほどの演奏は終わった。泣いた彼はしばらく動かなかった。やがて仲間と一緒に出ていった。真男と歌手はいつもの音楽会とは違ったものにしたかった。受刑者たちにこそ、最高の音楽を届けようと。労働の毎日からたとえ数時間でも楽しいもの、彼らの心に響くものにしようと考えた。その意図は達成できただろうか。

刑務所にとって、二番目の予期せぬことが起こった。夕方になり、刑務所では演奏者二人と所長との食事会で労をねぎらおうと応接室に花を飾ってもてなしをした。外の料理店から取ったと思われる料理が並べられた。和やかな〝食事会〟となるはずだった。真男はこの特別な料理を見るなり、きっぱりと言った。

「受刑者たちと同じ食事にしてください」

びっくりしたのは所長や世話をしている職員たち。精一杯のもてなしをしているのに何が駄目なのか合点がいかない。所長は声を詰まらせながら、

「何か、あの……」

今まではこんなことはなかった。皆さん、喜んで食事していただいていた。今日に限って……。真男は胸の内を披歴した。

「受刑者の方がたにはここへ入るまでにはいろいろな事情を抱えた方がおられるでしょう。やむにやまれずよくないことをしてしまった方もおられるでしょう。今日、最後に弾かせてもらったベートーヴェンの『悲愴』という曲、ベートーヴェンの生涯の多くの時間には大きな悲しみ、胃や腸の重い病気、鬱《うつ》、貧乏など、また音楽家としては致命的な難聴などで数えきれない悲しみ、

〝痛苦〟と言えることを経験してきました。受刑者の方がどんなことをしてここにおられるのか知りません。出られてからもきっと荊の道を歩まれるのではないでしょうか。ある人が泣いておられましたね、大きな声で。わたしは聴いていました。チラッと彼の表情も見ました。もしかしてこの人、ベートーヴェンと同じような悲しみを背負って来たのではないかと、ふと思ったのです。真意はわかりません。でも、きっと深い十字架を心の奥深くにもっておられるのでしょう。受刑者の方がたのことを思いますと、自分だけがこのようなご馳走を戴いて良いものだろうか、とこみあげてくるものがあったものですから。多くの受刑者の方を目の当たりにした後だからこそ、感じたのかもしれません。勝手を言ってすみません」

所長はじっと聞いている。はじめは何のことかわからなかった。すこし考えた。

「わかりました。そのようなお気持ちでしたら、受刑者の食事をお出ししましょう」

ソプラノ歌手も同調する考えを述べた。

「わたしもそうしてください」

所長は心のなかで感じた。このピアニストはどこか違う。そこいらのどこにでもいるピアニストと同じではない。深遠な音楽とはこのようなものかと、大声で泣いた受刑者とだぶらせて沈思した。

9

悲劇はときとして突然に襲ってくるものだ。

昼間はそこそこ歩行者もいるのだが、さすがに夜ともなると道行く人はほとんどいない。通っているのは近隣住民で周辺地理に詳しいものばかり。暗闇の世界となる。街灯は要所にしか灯っていない。それも停電になることが多い。

暗闇を行く二人連れがいる。どこかへ行った帰りだろうか、真男の両親である。

そのわずか十メートルほど後には不審者がつけているのも知らずに楽しく語らい、家路を急いでいる。二人は安心しきっている。不安な様子は少しもない。ほんの少し明るい場所を抜けてふたたび暗闇に入ったとき、暴漢は二人に襲いかかった。胸をめがけて数回にわたって切り付け致命傷を負わせた。まるで人のどこに心臓があるのか、熟知しているようである。あまりにも突然だったため、身をかわすことも抵抗することもできなかった。二人はその場に崩れ倒れた。悲鳴は大きく暗闇に響いたが、聞く人は誰もいない。他に通りかかる人のいない時間、場所でのことだった。昼間、よく知っている場所だからこそ、夜間でも臆することなくこの時間でも歩いて帰ることに躊躇しなかった。

夜が明け、早朝に仕事に出かける人は二人の男女がうつぶせに倒れているのを見て仰天した。血が飛び散り、一見してすでに息絶えていることが分かった。警察は直ちに捜査を開始した。周辺への聞き込みなど、徹底して行われたのだろう。

真男はその日に限って午前に実家へ行き、この驚愕の事実を知った。頭は錯乱した。何がどうなったのか、さっぱりわからない。警察は二人の持ち物などから氏名、住所などをすぐに割り出した。被害者は中條百吉とその妻晶子であった。家族や近親者の現れるのを待っていたようだ。警察は、一応真男も調査対象者の一人として、昨夜の行動を時間を追って聞き、さらに、親子関係のもつれなどがないかなどしつこく追及した。真男にとって警察からの尋問は人生ではじめてのことであり、何がなんだかまったくつかめなかった。尋問は簡単ではなかった。午前・午後・晩と厳しく行われ、まるで犯人扱いであった。疲労困憊《こんぱい》した。しかし、容疑は三日目に急転直下、晴れた。犯人が自首し、その供述内容から狂言ではないと判断したのち、真男は解放された。しかし、素直な気持ちにはなれなかった。自首した男は亡くなった種田浩子の弟・二郎であった。妊娠した姉を死に追いやった憎むべき〝義兄〟と思っての恨みの行為だったことが警察での供述によって判明した。動機について、二郎は姉を死に至らしめたのは、身重の姉を階段から突き落としたのはほかならぬ真男である、と母親から耳に植え付けられていた節がある。

真男は新聞を見る気にもなれず、両親の突然の死去に出る涙も出なくなった。冷たくなった遺体に素直に掛ける言葉はみつからない。

葬儀は楽団によって執り行われた。

最初に『G線上のアリア』が演奏された。ソロ演奏を申し出たのは他ならぬ豊島与志雄だった。弾き終わったとき、あふれ出る涙を拭き、発した言葉は「人間って、何なんでしょうね」。涙は涙を誘った。中條楽師長の人となりを知っている団員たちにもやるせないものがあった。この曲、今までに聞いたどの時よりも胸裏に響くものであった。生きていくことの辛さ、苦しみを、このときほど痛切に感じたことはない。

真男は半狂乱の日々を過ごした。

両親が生活していた家へ戻り、在りし日の追想をする心のゆとりはない。突然の死に追いやった二郎とかいう弟への怒りの感情が湧き出ていつまでも収まらず、また次の〝憤怒の怒り〟が押し寄せてくる。なぜ、父と母を殺したのか、大きな疑問が出てきた。

逮捕から一週間ほど経ったころ、新聞を見て驚いた。「殺意対象は父親でなく、息子の真男だった」と。かねてから母と息子はよく二人で行動していると聞いていたため、男性はてっきり真男だと思った、というのである。犯人は真男に恨みをもっている。親しくしていた姉をあのような死に追いやったとの思い込みはいつまでも消えなかったのだろう。この記事を見て真男はもう一度びっくりした。「本当はボクが死ぬはずだったのか！」、なんということを。精神が狂乱してきた。なにがどうなっているんだ。

あのとき、妻が階段から滑り降りたときは、ボクは別室で仕事をしていた。異常な音で階段へ行き、あわてて救急車を呼んだのであった。それからの哀しい、苦しい時の流れ。妻の両親、特に母親からの射竦めるような目つきでずっと見られたことを忘れることはできない。

たしかに真男と浩子との間には溝があった。

声楽と作曲と分野は異なれども、ともに『音楽』という共通のものをもっていた。反面、互いの音楽的見識と信条とが妥協することをヨシとせず、どこまでも自己の考えを主張して譲らないことがあった。無名のころはそうでなくとも、少しでも名が出てくると〝自分〟というものを前面に出そうとする。声楽家と作曲家との内面の衝突、葛藤が連綿として続き、細い溝はしだいに幅を広げ、ついには埋められないほどのものとなっていた。

家にいると苦痛が押し寄せてくる。何の咎めもなく、殺害された両親。さぞ無念だっただろう。魂は成仏できずに近くにさ迷っているのかもしれない、ときとして夜、隣室から、ふすまの向こうから、炊事場から、母のいたあらゆる場所から〝嘆きの声〟がか細く聞こえてくる。ひとりいる静かなとき、その声は響いてくる。

「どうして殺されなけりゃならんの？」

「お母さんはもっと生きていたかったのよ……」

「わたしは『真男』という将来を嘱望されている作曲家を生み、育ててきた。まだまだこれから先も見届けないといけないのよ。死んでも死にきれないわ」

「暗闇の声」にさいなまれた。ある日は夢遊病者のように歩きまわり、何も意味のないことをぶつぶつつぶやきながら近所をうろつきまわった。不安と孤独の毎日を送っている。

夜、寝るときも灯りを消すことができなくなった。消せば嘆きの声が四方に響く……。

眠れない夜、かつて読んだ本の冒頭部分が思いだされた。

「こうしてわたしは地球上でたったひとりになってしまった。もう兄弟も、隣人も、友人もいない。自分自身のほかにはともに語る相手もいない……」

真男は今、まさしくそのような精神状態に陥っている。

暗闇で考え込んでいる。

どうして人は憎しみをいだくのだろう。

どうして人間は傷つけあうのだろう。

いくら考えても答えはでない。

10

半年ほど経ったころ、ようやく〝夢幻の境地〟から覚めた。何かをしなければならない。なにかを……。

しばらくは親の残した財産で食をつないだ。しかし、音楽以外にはまったく社会的経験のない真男、世の中での瑣事《さじ》、つきあいについてはまったく疎い。お金のこと、金銭管理もどうすればいいのかわからない。何をどうすればいいのか。亡き両親の弔い、法事や追善供養のことなど、「親戚」は京都にいて、ここ東京には相談できる人はいない。父のオーケストラ仲間たちは音楽上のことについて意見を聞くことはできても、日常生活面では頼ることはできない。真男は、取り巻くすべての意味で孤独であることを実感した。楽団長に半ば泣きこむように頼んだ。ピアノの生徒を世話してほしい、と。浜西健太楽団長はかつて楽団に貢献してくれた楽師長の息子のこと、思いがけず不幸な死を迎えた人の息子の生活について精力を傾けた。楽団長は考えてくれた。

「当面は今すぐ〝お金〟になることを探しましょう。知り合いに音楽関係の出版社のえらいさんがいます。そこでは、完成とは言えない楽譜を仕上げて載せる、という仕事があります。いわば楽譜のチェック、校閲担当というのでしょうか、絶えずあるというのではありませんが、仕事はあります。少しでも引き受けてください。それが次へのステップになります。あるいは会社が新しい製品の宣伝のための曲の制作依頼もあります。人によれば、その曲があたって高収入につながるという例もあります。誰でも、いつでもではありません。音楽学校の生徒で作曲の勉強をしている者への個人指導もあります。いろんな〝副業〟をしていく、それによって名前は売れていく。他の仕事の依頼に結びつくこともあります。それからピアノの指導、これについては団員にも聞いてみましょう。誰か知りあいでピアノを習いたい人はいないか、団員も気をつけてくれるでしょう。ほかならぬ中條さんのことですから。お父さんには楽団の発展に大いに貢献してもらいましたからね」

真男は楽団長の言葉を聞いてうれしかった。

「いろいろとお心遣い、ありがとうございます。何とぞよろしくお願いします」

真男は今はともかく、少しは展望が開かれてくるように思った。

それからしばらくして楽団長から来てほしいと連絡が入った。

しばらく真男から日常生活について状況を聞き、本筋に入った。

「真男さんは作曲家としては今まで大いなる実績をもっておられます。今度はその能力を活用して〝指揮〟の道へ進まれてはいかがでしょう。同じ音楽といっても、指揮はまた違った苦労と達成感とがあります。作曲家はひとつの曲を創ればそれで終わりのように思われがちですが、指揮者は作曲家の創った曲をどう解釈し表現していくか、いわば指揮者として解釈した音楽を聴衆に届けていくのです」

〝指揮〟といわれてびっくりした。作曲家は曲を創る。指揮者は聴衆の前で、五十人とか多くなると百人以上の演奏者を束ねて音楽を届ける仕事だ。かつて聴いたことがある、〝音楽は二度創られる〟という言葉が思いだされた。一度目は作曲家が想を練り、譜面に起こすこと、もうひとつはそれを何人かの演奏家によって演奏し、聴衆に届けること。この両方が良いものとしてできなければ、聴き手の〝心に届ける〟ことはできない。同じ曲であっても、異なる指揮者や演奏者によってはニュアンスの差を感じられるものとなるといわれている。交響曲のレコードを見ても、作曲者、演奏者（楽団名）、指揮者名が明記されている。

真男は今まで作曲中心に音楽をとらえてきた。しかし、音楽を聴き、楽しんでもらうには、良き指揮者の存在が必要なのを充分にわかっているつもりだったが、楽団長から言われると、説得力があった。考えてみようと思った。

「指揮の勉強をします。当面は楽団長さんの弟子、ということになるのでしょうか」

「そうですね、曲そのものはよくご存知ですから、わたしの指揮を見て勉強されるのが良いでしょう。月に数回でも。指揮者として一本立ちできるには修行が必要です。これは『中期目標』にしましょう。すぐに収入には結びつきません。あとはこの前言った出版社の依頼による楽譜の校閲などに取り組んでください。ピアノの生徒については団員に声をかけていますから。希望者が出てくれれば連絡します」

楽団長に頼ってよかったと思った。それからしばらくして、少しずつ仕事が舞い込むようになり、当面の生活はできるようになった。そのうえ、新たな境地への挑戦として、〝指揮〟という仕事に踏みこむことによって、音楽家としての深みが増すように感じられた。作曲だけでは味わえない、あるいは経験できないことだろう。

ピアノの生徒は一人、二人、と徐々にではあるが増えてきた。かつて両親が生活していた家には古いピアノがある。焼け跡から運んできたピアノを今も愛用している。新しい生徒が来るたびに「このピアノは……」とさも由緒ありそうに生徒に語りかけた。つけ加えるのを忘れないのは、コンクールで二位になった『新日本の建設』もこのピアノを使って作曲にいそしんだことだ。生徒はそれを聞いてびっくりする。ところどころには焼け跡や傷がある。触って確認している。戦後から数年たってくると、若いもののなかにはあのときの惨状を忘れかけている者もある。今でも忘れないように強調している。運び入れたときのピアノは、およそピアノといえるものではなかった。父と二人掛かりで二週間ほどかけて修理したものだと説明するようにしている。ピアノという楽器への愛着も持ってほしい。それを聞くとほとんどの生徒はピアノをあちこちと撫で、愛しい子のようにしてくれる。

真男の日常は、ピアノの生徒への指導、指揮の勉強、若い学生への作曲の相談相手や添削、音楽出版社の依頼による仕事（ある見方をすればゴーストライター的なこともあった）など、時には締切に追われることもあり、身辺の多忙に反比例するように、両親のあの惨劇のことを思いだすことが少なくなってきた。夜になってももう、隣室から母の〝嘆きの声〟は聞こえなくなってきた。ひとりで生きていかねばならない覚悟がようやく固まってきた。この家には自分の生活臭と思い出を擦り込ませていこう。不安と孤独の毎日は少しは和らいできた。とはいえ、毎日の家事は面倒なこともある。こんなとき、誰かがいてくれればと思う気持ちは否定できない。揺れる精神状態は青年期の避けて通れない一面かもしれない。

落ち着いた日にはピアノの前に陣取り、作曲に余念がない。目を閉じて曲想を練る。メモ書きをする。自由な言葉が舞い落ちる。紙に書いていく。まとまりのないものだ。それでよい。乱雑なようにみえて、何かを紡ぎだそうとしている。出だしの、冒頭の音をみつけたい。音をいくつか拾ってみる。はじめの三十秒、数分の音をみつけるために半時間、一時間、時にはもっと悩む。ようやく走り出す。この時の喜びようは言葉には尽くし難い。小説家がはじめの数行、あるいは一頁をどう書こうかと悩み、何回も書き直すのと同じかもしれない。

真男は前の結婚で女性に関しては慎重さをもつようになった。とはいえ、年齢もそこそことなり、同年代の男性であれば半数以上は世帯をもち、子どものいるものもいる。彼らを目の当たりにすると、羨望の思いが湧くこともあった。でも、結婚したい女性がいたとしても親身になって相談できる人はいない。

悩み多き青年に、新たな曲が仕上がった。

タイトルは『魔の人』。人間のさまざまな内面を透徹し、邪悪な心を暴き、偽善的なるもの、恐ろしきものへ対抗しようとする交響曲。みずからは〝哲学的作品〟と自負し、作曲の途中では、かつて読んだニーチェの本の一部を頭に描いたこともあった。できたものは『新日本の建設』と同程度、いやそれ以上と思っているが、〝自己評価〟では甘い評価と思われるので、あてにはならない。他者の客観的評価を求めよう。浜西楽団長に見せた。二週間ほどして感想が伝えられた。

「いやー、中條さん、りっぱな作品ですよ。ご両親がご存命でしたらさぞ喜ばれたでしょう。我が楽団で次に取り上げたいですが、いいですよね」

「本当ですか。どのように評価されるのか心配でした。単なるお世辞じゃなくて、次の演奏曲に取り上げたい、といってくださって嬉しいです。感謝申し上げます」

「しかし、この曲は一度聴いただけでは理解しにくいかもしれませんね。スコア（総譜）を三回、四回と読むことによってやっと、「これは！」と思うようにいたったのです。作品は評価が分かれます。覚悟しておいてくださいよ。練習も少してこずるかもしれません」

真男は練習の場にも立ち会った。この作品について、指揮者はどのように指導していくのか、大いに興味をそそられる。毎回、異なる感想を抱いて自己の作品が〝曲〟としてできあがっていくプロセスを確認している。

公演の日が待ち遠しかった。聴きに来てくださった方がどのように受け止めてくれるのか、会場の反応もじっくり見てみたい。

公演日を待っているあいだも、ピアノの生徒への指導は続いた。新しい生徒には年齢、能力、目的などの他に、ピアノにどうして惹かれるようになったのかなどを聞きだし、指導プログラムを作るようにしている。なかでもよく練習し、能力をメキメキ伸ばしている生徒がいる。これまで何年かの経験を積んでいるが、どこかに〝何か特別なもの〟をもっている生徒がいる。名を紺野里子といった。音楽学校は卒業しているが、なおいっそう伸ばしたいと真男の指導を受けたくてやってきた。年齢は二十代半ば、真男よりは四、五歳若いくらいだ。練習は熱心で進取的でもある。練習が終わってくつろいでいるときに、ふっともらした。親はそろそろ結婚を望んでいるようだが、本人にはまだそのような気には至っていないようで親子の思惑違いがみられる。

ある日、久しぶりに街中を歩いていると、親子連れに出会った。紺野里子だった。里子は母親を紹介した。

「あ、母です」

母に向かって、

「こちらはピアノの先生、中條先生よ」

「はじめまして、紺野里子の母です」

母親は何故か一瞬、電気が走ったように身を固くした。

「里子がいつもお世話になっております。これからもなにとぞ……」

「いえ、わたしにできることでしたら。さいわいにもお嬢さんは練習にも前向きで、熱心ですから、実力はかなり向上しておられます」

母親は愛娘をほめてくれる真男が気に入ってしまった。一瞬にして天にも昇る気持ちになった。

「あの、不躾《ぶしつけ》でございますが、この子の誕生日が来月ですの。もし……、できましたら、誕生会においでいただけないかと、いま、勝手に思ったものですから」

真男も里子もびっくりした。路上ではじめて会ってこのようなお願いごとをするなんて。母はふっと我にかえった。

「あら、失礼しました。とんだことを。お許しください」

今度は里子が平謝りをし、気を遣った。

「先生、母の不躾なこと、なかったことにしてくださいませ。こんなことになりますと、次から教室へ行けなくなりますわ。どうぞ、なかったことに……。本日は失礼しました」

里子は母親の服を引っ張り、早く真男と別れようとした。真男とて同じ気持ちでいる。

「それじゃこれで。これから本屋へ行きますので」

ようやく解放されることになった。里子の母は日々歳を重ねていく娘に対し、婚期を逸しないことを願ってのことであった。焦る気持ちがつい前面に出てしまう。良い青年がいるとつい『婿に』と空想するようになっている時機でもあった。

いよいよ『魔の人』の公演日を迎えた。先に別の曲が演奏され、休憩後に〝本邦初演〟となるようプログラムは組んであった。チラシの見出しには、「人間の根源を問う！」とか「若き作曲家の意欲作」との文句が踊って、人びとを引き付けようとしている。三十分の曲は終わった。一瞬の静寂の後の拍手。しかも不思議なことに拍手の多くは座席の後ろ半分ほどの人だった。他の曲ではこんなことはありえない。音響のせいだろうか。楽器編成にもよるのか、あるいは曲独特のことかわからない。作曲者が紹介された。万雷の拍手で迎えられた。左や右を向いて何回も礼をし、拍手に応えた。注目すべきはこの曲の演奏中に気になることがあった。指揮者は二、三度一瞬ではあるが、タクトを止めたことがあった。そしてある一点をみつめた。客の多くにはわからないが、楽団員の大多数、客の一部にはわかった。「何故だろう」、不思議だった。表向きは何もなかったように終わった。指揮者は顔を曇らせている。誰がどうだったか、指揮者にはわかっている。なんといってもプロ中のプロだから。演奏会は表面的には〝成功〟のうちに終わり、客たちは満足して家路へとついた。

指揮者は楽屋であるヴァイオリン奏者を隅へ呼んだ。舞台上での演奏については全責任を持っている指揮者が。

「渡辺さんね、わかっているね。どうしてあんなことをしたの?」

〝あんなこと〟とは、三ヵ所間違って弾いたことであった。放っておくことはできない。その当事者を呼び、時をおかずに問いただした。今後への影響も考えて。渡辺はしばらく無言だった。涙ぐむこともあった。時は流れた。他の団員は二人を見て見ぬフリをしている。彼ら、特に弦楽の者にとっては直ぐに「あれっ」と驚きを抱いたのであった。問いただすのは今でないとだめだ。ようやく渡辺は口を開いた。弱々しく。

「わたしのことで皆さんに大変ご迷惑をおかけして申し訳ございません……」

「いや、わたしの聞きたいのは、その言葉より、何故、あんなことをしたのか、ということですよ。単なるミスではありません。あれには何か作為的なものを見たからです」

　このまま終わらせたくない。こういう作為的な行為は時と場合によっては曲そのものを〝台無し〟にすることだから。

「すみません。〝わたしの曲がった心〟の所以《せい》です」

「わかるよね。作曲者は精魂込めて曲を創り、演奏者は何日もかけて猛練習し、お客さんはお金を払って聴きにきてくださる。みな、命がけ、生活をかけてやっているんですよ」

　しばらく相手の様子を観察した。

「どうしてあんなことをしたの？」

　声は徐々にフォルテシモになってきた。

　渡辺はついに心の内をさらけ出した。

「前のコンサートマスターがあのようにして亡くなり、後任はきっと私だろうと思っていたのです。いえ、自分ではそう決めていたのです。それが決定を聞きますと、別の人だった。ヴァイオリンの中では他の誰よりも自分にふさわしいと思っていたのです」

　渡辺はソリストとしても実績を積んでいる。他のオーケストラからの要請で、「客演コンサートマスター」として演奏したり、協奏曲ではオーケストラをバックに独奏をしている。だから、コンサートマスターは自分以外にないと自負していた。

「それを聞いて、何故？　と耳を疑いました。心の整理がつかないままに今日の演奏会を迎えました。演奏曲はなんと亡くなった中條さんの息子さんの作品じゃないですか。心は乱れました。良い曲を皆さんに届けたいとの意識と、コンサートマスターの選考に外れた悔しさ、練習が煮詰まってくるにしたがい反発心が芽生えてきたのです。今日も演奏が始まったときは平常心だったのです。それが進んでくるに従い、前のコンサートマスターの顔が浮かび、息子さんの顔とが二重写しとなってきたのです。それから先はわかりません。いつのまにかあのように……」

言い終わるやポロポロ流れ落ちるものがあった。

指揮者はしばらく無言で考え込んでいる。

「それで、これからどうするの？」

もはやそこには突き放した感があった。

聞くとはなしに聞いていた楽団員には、人間の業の罪深さが垣間見える感応さえ憶えた。そのうち気を配ってか、誰もいなくなった。そこに残ったのは駆けつけた楽団長と三人のみ。渡辺は涙目になっている。

「あんなことをして、皆はもう受け入れてくれないでしょうね」

やはりそのことは指揮者も思っていることだ。音楽のプロとしてあってはならないことだ。今後にも影響する。楽団員に対し、説明がつかない。突然、宣言するような口調になった。そこには前後の見境もみられない。

「皆さんに大変お世話になりました。わたしは去らせていただきます。よろしくお伝えください。いえ、何もおっしゃらなくて結構です。皆もわかっていることですから」

なんと悲しい別れであることか。指揮者にしてみれば、単なる軽いミスであれば注意して済ますつもりであった。それが作為的とあれば、他の団員に申し訳がつかない。ここはプロとしてのケジメをつけることにした。

「これからのあなたの生活は自身で切り拓いてください。ご健康を祈ります」

なんと厳しい言葉が発せられたことか。渡辺は寂しくロッカーや私物の整理をし、静かに去っていった。翌日、団員の集まる場で、渡辺のことについては触れられることはなかった。団員の誰かは彼のいないことを聞こうとしたが、あげた手は直ぐに引っ込められた。

真男は家に帰っても、どうしてあそこで変えられたのか考えあぐねた。わからない。まさかメンバーの作為的なミスだとは想像もできなかった。そんなことは、プロの集団としてあり得ないことである。今度指揮者に会ったら聞いてみようと思いながら、眠りについた。

11

ピアノの生徒は少しずつ増えてきた。日によっては、生徒へのレッスンが終わるとぐったり疲れてしまうこともある。特に将来はピアニストになりたいと思っている生徒には余計に精力を使ってしまう。そのうちのひとり、紺野里子はすでに学校は出ているが、将来はピアニストとして生きていきたいと希望をもっている。それ故にか、練習にも熱が入ってくる。真剣そのものだ。ついに、半年先には独奏会をもちたいと計画を立ててしまった。その日に向けての練習は苛烈を極めた。真男は檄を飛ばした。

「お客さんはお金を払い、貴重な時間を割いて聴きに来てくださるんだから、それに見合ったものになるように、いや、それ以上の精神的充足感というか、何かを感じてもらえるようにしてほしいんだ。譜面を何度も読み直し、文章でいえば〝行間〟を読み取ること、どうしてここはこうなのか、作曲家は考え抜いてそうしているのだから。そのうえで、ここはもう少しゆっくりとか、速くとか、自分の解釈を加えることは許されるかもしれません」

里子の練習は、両親もびっくりするほどの熱の入れようである。その姿を見て、母親の思うこと、「これでは嫁に行き遅れる!」。娘はそんなことは気にしない。我が道を行っている。いっぽう、演奏会の宣伝は活発に行われた。切符の売れ行きは良く、三百人ほど入るホールはほぼ満席となった。これには父親の並々ならぬ努力があった。父親は化学薬品関係の工場を経営している。取引先や友人知人たちにも聴きに行ってくれるよう頼みまわった。チケット代を払ってくれればよいが、そうでなければ父はそっと代金を肩代わりしていた。父のたっての希望で当日は和服で演奏するようになかば強制された。それを実行させるように、上等の着物を買ってやり、父親として鼻高々の気分を味わった。母はその値段を聞き、びっくりするほどだった。

いよいよ当日を迎えた。演奏曲目は三曲。

ベートーヴェン　ピアノ・ソナタ　第二十八番
ベートーヴェン　ピアノ・ソナタ　第十四番『月光』
シューマン　ピアノ・ソナタ　第三番

この音楽会には音楽学校の卒業生で組織している会からの後援を受けており、そのためか同窓生やかつての恩師たちの顔も見られた。久しぶりに会ったかつての仲間たちからも大きな祝福を受けた。演奏後に贈られた花束は持ちきれない。父が率先して横から受け取った。演奏会は成功裏に終わった。翌日はゆっくり休養した。今までの疲れをとり、緊張感をほぐしている娘のホッとする姿を見た。

娘のこれからの人生を描いている母。来年には結婚させよう。昨日の成功でもう悔いはないだろう、あとは女としての幸せな結婚、出産、子育て……と娘の意思はそっちのけで勝手に決めている。

そういえば昔、真男の母も同じように、まだピアノを弾き続けたいという希望の芽を折るようにして親から辞めさせられ、早々と結婚させられてしまったのだ。晶子はもうこれでピアノができなくなるかと思うと、今まで精魂込めてやってきたことに無念さで心はかきむしられるようであった。あの頃と時代はまったく変わった。今は民主主義の時代、男女同権が叫ばれている時代、親の言いなりに娘はならない。

独奏会が終わって、ピアノの先生と熱心な生徒との心のつながりは強いものとなっていった。音楽に対して、ピアノに対してなにがなんでも、とくらいついていく執念に真男は強く心を打たれ、体ごと吸い寄せられるものを感じた。ついには二人の空いている時間をみつけて映画館に行ったり、どこかへ遊びに行く間柄にもなった。喜んだのは母親、それに対し父親は現実的・合理的であった。結婚となると、まずは夫の経済的なことが大事だ。真男の定期的な収入面について不安を抱いた。生徒からの月謝が主であり、あとは作曲の添削といっても不定期なもの。作曲は注目されればよいが、毎月の定期的収入には程遠い。結婚しても経済的にやっていけるのか、それを第一の問題と捉えている。だが、それよりも二人の接近度は早かった。

母・キヌエは二人の結婚に向けてはやる気持ちを抑えられなくなっている。それはやがて行動にもなってあらわれ、若い男女をせっつかせることとなった。父親の拓造が抱いている経済的不安など、どこ吹く風のようである。まるで情念の虜となっている。拓造はそういうキヌエを見ていて思う、戦後強くなったものは、〝女と靴下〟、まさにそのとおりである。

真男の両親が亡くなって早くも五年、振り返ることもできないほどいろいろなことが駆け巡った。生きているとはまさにそのようなことなんだと思う。近ごろ、考えることが多くなった。それにしてもあまりにも早い父と母の不慮の死だった。今、二人の無念の想いを取り返そうと日々、模索している。この世を超えたどこかに、天国か、極楽か、もはや会うことのできない〝果て〟で、平安のうちにいるだろう父と母。思えば母はまるで〝庇護者〟のような存在であった。少年期から青年期に達しても、いつも真男の隣には母親が付き添っていた。いい年になってきたのだから独り立ちしたいと思っても、自分ではなかなか言えなかった。今はそれらが懐かしい。父と話すのはなにかの〝節目〟のときだった。第一には家にいないことが多かったことにもよるのだろうが、顔を合わせれば互いの頑張りを確認するようなひと時でもあった。もっといろいろと話し、未知のことなどを吸収しておきたかった。今の自分にできることは、作品で自分の想念を表現することだと自覚している。年に一本か二本、まとまった作品ができるように精進している。そして発表してきた。

キヌエの知っている他所の娘たちはほとんどが結婚し、子どももいる。それを身近に見るとなおさらそうさせるのだろう。結婚へ向けての外堀、内堀は埋められ、とうとう結婚することとなった。すべての準備はキヌエが率先して進め、真男はその船に乗るだけだった。真男が三十歳になるのを待っていたかのように結婚した。音楽によってつながっているふたりは共通の道を歩んでいる。里子は控えめな性格、真男は前回の反省から、自分の意志を強く出さないように、衝突することのないように気を配っているのがみられ、真男の気配りは里子もうすうす察知することもあり、気づくと見えない心配りをしている。

世間からは似合いのカップルと思われている。音楽家仲間からはうらやましい存在でもある。

真男は音楽以外の世界にはまったく疎い。二人の生活は楽しくもあり、人生設計を着実に立てて日々を営んでいるようでもあった。

ふと真男は二人の間に子どもができることを思い描いた。かつての自分のように、物心ついたころからすぐに〝ピアノ漬け〟にすることはしないでおこうと思った。自分の小さかった頃への自省心を深くもっている。子どもの自由な成長を阻害することなく、伸び伸びと育てようと考えている。里子も早く子どもがほしいと願った。

ある日、里子の両親が真男の家を訪問した。とくに何の用事もなく、ただ世間話に興じ、夕食をともにして過ごした。とりとめのない話に興じていたが、ふと、義父がどんなことをしているのか、真男は知らないことに気がついた。

「ところで、お義父さんは、どんな会社をしておられるんですか。お聞きしてもわからないでしょうが」

「うん、そうだね、具体的なことをいうと多分、眠くなるだろうな。分野の違う専門用語ばかり出てくるから。といっても、簡単に言うと、ある種の化学薬品を製造している、と思ってくれればいいよ」

キヌエが口をはさんだ。

「わたしも知りませんのよ。前に聞いたことはあったのですが、お前に言ってもわからん、と一蹴されました。それ以降門外漢でとおしておりますの」

真男もそれ以上聞くのは止めた。

「それ以上聞いてもわかりません。要は会社の社長さんですね」

「ま、そういうことになるかな。肩書では〝代表取締役〟となっているが、小さな会社で、中堅の会社がつぶれたらうちも危うくなるかもしれん、もちろんそうならないように手を打つがね」

「商売、といいますか会社経営のこと、難しさなどをいわれましてもチンプンカンプンです。ご隆盛を願います」

互いの関係している分野、世界の乗り越えられない「壁」を感じた。

「うん、がんばるよ。なんといっても社員とその家族の生活がかかっているからね。会社経営というのは一筋縄ではいかないところが多々あってね、苦しむことしきりだよ。家へ帰ったら何もなかったようにふるまっているが、実際は難しいんだよ。毎日が苦悩の連続なんだ」

真男はもう少し義父のしていることを聞こうとしたが、あまりにも分野が違うため、何をどう質問すればいいのかさえ見当もつかない。はじめは会社経営のことを音楽的に表現するとどうなるかと軽く想像したりしていたが、筋違いのことだと思うようになった。と同時に、自分のしている音楽、とりわけ作曲の仕事を全くの門外漢の人に説明しようとしてもできないことだと思った。

キヌエが口を挟んできた。

「とろで里子ちゃん、〝おめでた〟はまだなの、早く孫の顔を見たいのよ」

キヌエには話題のふり方に不自然さが残ることがときとしてある。直截的なもの言い方はときとして〝ぎごちなさ〟をうみだすこともある。

「そんなこと、そっと聞いてよ。恥ずかしいわ」

「仕事が忙しいのはいいけれどね、結婚したら子は鎹《かすがい》、というじゃない」

里子は話題を変えた。これ以上になると母はどんな言い方をするかしれないのを知っているからだ。

「それよりまた演奏会をするから、いろいろとお願いね」

二回目は二人の演奏会となり、それぞれの友人・知人なども駆けつけてくれた。

司会や曲目解説は里子の友人が行い、まずきれいなソプラノで客を魅了した。そしてときには二人の結婚に至る〝なれそめ〟に触れたりしてなごやかに進んだ。プログラムでは前回演奏できなかった曲をとりあげ、真男はさらなる曲のレパートリーを広げようと、それまでホールなどで弾いたことのない曲を披露した。最後は二人による息の合った〝連弾〟で大いに場を盛り上げた。

会が終わり、もろもろの後始末も滞りなく済ませて、二人は一日をのんびり過ごした。

それから数ヵ月して、義父から真男に話があると里子に言ってきた。具体的な用向きはその時に、とのことで次の日曜日に父を迎えた。

拓造は真剣な表情で椅子に腰かけた。

このとき、真男は次に起こることの結果が自分の人生に大きくのしかかってくるのだとは夢想だにしなかった。拓造は話しはじめた。自然に切り出そうとしても、つい、言いづらいことが喉につかえ、緊張感がもろに出てしまう。真男はいったい何が話されるのか、緊張しながら聞く準備をしなければならなかった。落ち着くのに時間がかかった。

「いやね、会社のことなんだけど、少し新規のことをしようと思って。それと古くなった機械設備の更新も一緒に計画しているんだ。会社の経営を少しでも良くしようと思って。それには資金が必要になってきて銀行からの借入資金だけでは足らず、なお一層の骨折りが必要となってね、別の所から、不足分を借りる話がおおむねついたんだ。ただ、銀行には金利をまけてもらったが、別の所はそれなりのものを払わねばならん。でも何とか期日までには返済できる見通しがついた。ついては私以外に連帯保証人が二名必要になる。一人はここにあるように承諾してくれて、もう一人いないかと苦心しているんだ」

この〝別の所〟について真男は一度説明を聞いただけでは理解できなかった。それが悪名高い高利貸であることを。のちのち命取りになることは予想できるはずはなかった。銀行は融資するにあたって会社の不動産、機械設備などを抵当物件に指定した。融資にあたって確実性を保証し、万が一の場合に備えて担保を設定しておくことが社内でも必須条件であり、社内ではそれなりの手続きを経て決められる。

真男にはわからなかったが、〝別の所〟というものが、後に大きくかかわる〝高利貸〟であること、そこがどんなところかまるで見当がつかなかった。拓造が真男に話した時は、そもそも高利貸との言葉は使わなかった。

「つまりはもうひとり、ボクに保証人になれ、と……」

「すまない。こんなこと、ほかに頼める人がいなくてね。なんとか、頼むよ」

「しかし、わたしにはまったく資力はありませんし、こんなに多額の連帯保証人といわれても、困ります」

真男は目の前に示されているあまりにも高額な金額を前にして、どう考えていいのか、戸惑っている。

〝別の所〟と称する高利貸は社会常識を越える高い利息と強引な取り立てで有名だ。その手法はときとして世間の厳しい注目を浴び、その結果、悲劇をうんでもいる。期日までに返せなかった債務者には昼間だけでなく、夜間にも及ぶ執拗な取り立て、脅かしなど枚挙にいとまない。社会問題にもなっている。

借入額は、当時勤め人の平均年収のおおよそ五、六年分ということらしい。真男にとってはもちろんこんなお金を目にしたこともなければ、縁のない金額だった。かなり追い込まれているのか、義父の頼み込むような目つきと里子のそれを後押しするような視線が不本意にも署名に向かわせた。里子にしてみれば尊敬している父の苦境を救うためだろう。音楽以外のことは門外漢でこのような多額の借金が返済できなければどうなるかは考えるに至らなかった。その場合のことなど想像すらできない。ただ父に対して〝良き娘〟でありたいとの思いが強い。真男が迷っているところへひと押しがあった。

「お願い、お父さんのために」

結局その言葉にほだされてしまった。真男には、署名・押印することの先にあるものが見通せない。動揺している。義父と高利貸の目は真男の手先に注がれている。署名する手は震えている。真男は、いわゆる〝世事〟にうとい。一寸先になにかがおこっても二人にはどうすることもできないのは自明のことであった。

署名・押印が終わった。後日に印鑑証明書を渡すように言われた。

真男は半分懇願するように言った。

「どうか、お父さん、期日までに返済できるようにしてください」

「うん、わかってる」

翌日、高利貸のえらいさんとおぼしき者がやって来た。上下のスーツに身を包み、地味なネクタイ姿、教師かインテリを思わせるような風貌である。開口一番、「ご融資にあたっての担保物件にご同意くださった件ですが、より確実なものにするため、お家の『権利証』を当方に預託していただきたいのですが、よろしくお願いします」。言い方は柔らかいが、内容は有無を言わせない威圧さがにじみ出ている。

真男は困った。

権利証を預託せよとの言葉に冷や汗を感じた。このような時、腹を割って相談相手になってくれる人のいないこと、実の両親はあのようにして亡くなっている。兄弟もいない。親類縁者はこの東京にいない。そのぶん、里子の両親が唯一の縁者である。今まではいろいろと相談したこともあった。援助をしてもらったこともあった。その人から頼まれ、迷った気持ちはあったけれどついには判を押さざるを得なかった。退路は断たれてしまった。

真男は困った。この家は両親から継いだものだ。あのように不本意な死を迎えて跡を守ってきた。二人の思い出の詰まったこの家、大事にしていきたい。すぐに出そうとしない真男の様子を見たこの男性は声を荒らげてきた。

「早く出してくださいよ」

この先、どのような力が加えられるのか、不安になり、結局負けてしまったのか、『権利証』を渡してしまった。

義父が帰ってから落ち着かない感情が顔にも表れているのか、里子は何とか気分を落ち着かせようとしている。しかし、その日はついぞ夫婦の滑らかな会話はなかった。

翌日になると忘れようとして気分転換に父のかつていた楽団へ行き、練習風景を見ることにした。音楽によって前日の嫌な事件を忘れたい気持ちがそうさせた。そこへ前回の演奏会での指揮者が現われ、ある〝詫び〟を言われた。

「この前、中條先生の作曲された『魔の人』を演奏したときのことです。中條先生にはあの演奏、不本意だったと思いますが、あのとき、まずいことがあったのです。ひとりの楽団員が意識的に、作為的に間違えたのです。第一ヴァイオリンでした。そのとき、おやっ、と思ってしゅんかんに指揮棒を止めたことがありました。どうもおかしい、と終わったとき、わたしは少し首をかしげておりました。こんなはずではない、いったい何が……」

「わたしもあれっ、と思ったことがありました。それで？」

真男はあのときのことを思いだした。

「どうも単なるミスではないと直感したのです。終わってある演奏者を呼び止め、聞きました。すぐに白状したのです。わたしの音楽家人生でまったくはじめてのことでした、あんなこと。わたし自身、情けなくなりました。プロ集団でこのようなことがあるのかと……」

「そうなんですか、それでどうなりました？」

「その原因といいますのが、前の亡くなったコンサートマスター、つまり、先生のお父さんの後任はきっと自分だと決めていたようなんです」

指揮者はひと呼吸して続けた。

「でも、お父さんの後任は楽団長と私とで相談し、別の人を選考しました。責任をもって決めました。もちろん日ごろから楽団員の他の団員への評判といいますか、人望なども耳にしております。皆の納得する人を後任にしようと決めたことです。彼の言うには、演奏のとき、胸の内で小さな虫がうごめいてきた。それは時間とともにだんだんと大きく〝邪悪の虫〟となり、大きくなってどうしようもなくなった、というのです。なんと人を馬鹿にしているじゃありませんか。人のせいにして……。音楽をぶち壊したのですから」

「その人はどうなりました？」

「自発的に辞めていきました。彼が作為的なミスをしたことは、他の団員、特に弦楽の者はほとんど知っていることですし、今後、そういう前歴のある人と一緒にできないのは明白でしょう。厳しいかもしれませんが、楽団のためにはそうせざるを得なかったのです。それに音楽のプロなら、〝おかしい〟と感づいていたことです」

真男は事の真相を聞いてびっくりした。わたしの知らないところでいろいろなものが大きく動いている。

音楽をぶち壊した、といわれると、真男には過去に自身の経験があり、その人の行動を即座に批判することはできなかった。母親と一緒にオペラを観に行ったときのこと、歌手の音程がはずれていると大声で叫んで舞台を台無しにしたことがあった。その事件から三ヵ月、半年くらいだろうか、真男は干されてしまった。父は賠償などに駆けずりまわり、家は経済的にも苦しくなった。何年前のことか、そのようなことを想い返し、そのバイオリニストもいつか立ち直ってほしい、と心のなかで思うことがあった。人間の持っているどうしようもない嫉妬心というものを推し測るとともに、惻隠《そくいん》の情をもった。

事件は、連帯保証人に署名・捺印してから四ヵ月目に起こった。

拓造があてにしていた会社からの約束の入金ができなくなり、その会社は倒産。連鎖倒産は他にも及び、その一社が拓造の経営する会社であった。拓造は資金繰りに駆けずりまわり、食事も喉を通らないくらいだった。疲労困憊して一夜で腑抜けの状態になった。丁度そこへ里子が行き、父の、精気が失せ、変わり果てた姿を見てしまった。

「父さん……」

それ以上声はかけられなかった。銀行は何回か督促をしていたそうだが、金繰りがつかなかった。やむなく差押えの手続きを取られた。里子の育った家の他に、タンスをはじめ家財道具など家の中にある金目のものはすべて「差押え」の紙が貼られ、手出しすることができなくなった。やがて「競売」に掛けられるかと思うと虚しい気持ちでいっぱいになる。債権者は銀行だけではない。問題なのは高利貸。彼らは何をしでかすかわからない。

里子は自分たちの家のことが心配になった。家へ急行した。すでに手遅れだった。真男が一人ただうろたえることしかできなかった。帰った里子は「とりあえずここはお引き取り下さい。あとは何とかしますから」と言っても見通しはなかったのだが、近所の人たちも騒ぎに駆けつけ、様子を伺っている。

「奥さん、どうしました？」

「いえ、何もありません。すぐおさまりますから」

事態は良くない方へ向かっている。高利貸のやり方は銀行よりも悪辣《あくらつ》でしつこい。家は既にとられている。なんといっても『権利証』はこの高利貸の手中にあるのだから。家の中へ三人ほどがどやどやと入り、目をあちこちに向け、金目のモノを片っ端から持ち去り、車に積み込んだ。ついには二人の大事な楽譜をも持ち去ろうとしたため、真男は体を張って抵抗した。

「それは困る。二人の仕事のモノなんだ。おい、触れるな」

言い終わるやリーダーに体当たりした。当たられたものはびくともしない。そればかりか往復ビンタを食らわされ、倒れこんだ。真男のきゃしゃな体に対し、相手は柔道か空手でもしていそうな体格でとてもかないっこない。口の周りは血で塗られ、相手にもならない。顔面が腫れてきた。ずきずき痛む。

リーダーが聞いてきた。

「お前さんら、何をしてるんだ」

黙っていると追い打ちをかけてくる。

「何をしているかって聞いてるんだ。聞こえてねぇのか」

恐るおそる答えた。

「音楽、作曲と声楽を……」

「奥さんは黙って見てるこっちゃ、抵抗したらどうなるかわかったな」

どすのきいた声が響く。

二人の職業を聞いて楽譜は〝カネ〟になるかもしれないと直感した。自筆譜をみてこいつら有名な奴かもしれんな、そうすれば、これ、売れるぞ、頭にひらめいた。途中のもの、ほぼできたものなど、内容はわからないのに、彼らなりに自筆譜に価値をみいだした。持ち出したのはピアノなどに限らなかった。メトロノームのような小さなものまでほぼすべてを持ち去った。彼らが去ってがらんとした家の中を見、真男の虚脱感と、なすすべなく見ていた里子の罪悪感。真男の口からはまだ血がしたたり落ちている。父の連帯保証人に対し、疑問をさしはさむこともなく、夫に署名するよう差し向けた責任がある。もはやこのようになると、音楽家としての二人の生活は難しくなった。いや、今晩からの生活もできないありさま。

里子が実家を出る前に父が言った。

「銀行の貸付については、その督促も一定のルールに従ってやってくる。今まで何回も来たが、もうちょっと、もう少しと引き伸ばしてきた。しかし、高利貸にいたっては、ルールも温情もないやり方で迫ってくる。里子の夫にはとんだ迷惑をかけてしまい、いや、迷惑どころではない、人生の大きな危機になってしまった。なんといって詫びればいいのか言葉は見つからない。今回ばかりはお父さんの非力さをさらけ出してしまった。会社の設備、備品類はそっくりなくなり、社員には最後の給料も払えなくなってしまった。この先、どうやって生きていけばいいのか、見通しが立たない」

悲惨な状況は容赦なく追ってくる。

真男や里子にとっても同じことだ。今日、明日の生活の術《すべ》がすっかり奪われた。ポケットに入れていた財布の金しかない……。途方にくれた。

不幸は一瞬にしてやってきた。

翌日、新聞に小さい記事が載った。

「社長夫妻、橋から飛び込み心中」

ポケットには遺書が忍ばせてあった。里子は驚愕した。涙は止まらない。どうしてこんなことに……。なんとも説明のつかない人生、あまりにも儚い人生。真男には相談せず、隠れるように、たった一人で葬儀をし、見送った。真男は連帯保証人への署名から事ここに至るまでのこと、どう思っているだろう。ついに二人は話すこともできなかった。夫の人生を狂わせた〝自分の責任〟、これをどう償えばいいのか？　どう責任を取ればいいのか？　悔悟は次からつぎへと湧き出てくる。どれにも答えはみつからない。里子は手紙を書いた。

《愛する真男様

わたしはあなたの一生を台無しにしてしまいました。父の連帯保証人のことがなければ今もわたしたちは幸せに暮らしていたでしょう。音楽について語り合い、二人の気にいった曲について、いろいろ話し合い、時間の経つのも忘れておりましたね。いつか子どもが生まれたとき、あやしている姿なども見ました。でも今はそれも夢物語となり、二度とあのようなひとときをもつことができなくなりました。これもひとえにわたしが連帯保証人を頼んだからです。借金を返せないことの結果がこのようになるとはつゆ知らず、いえ、考えることもせず、ただ父の仕事のことを思ってのことでした。良き娘でいたかったのです。ひとりっこでしたから。

父は期日までに返済できる確証があってのことだと申しておりました。今になって弁護するようですが、それは本当だったようです。でも、結果はそうではなかった。銀行の、とりわけ高利貸の取り立ては非情なものでした。わたしたちの家であなたがリーダーに抵抗して血を流したのと同じように、いえ、もっと強く殴打され、一時は気を失ったようです。母が血相を変えて、蒼い顔のまま泣きながら言ってました。この時ほど世の無情さ、非情さを感じたことはありません。母はあまり苦労をしたことがありません。だからか今回のことが大きなショックなのです。父は従業員に最後の給料を払えなくなったこと、悔やんでおります。両親とも生きていく気力を失いました。

続いて私たちの家です。高利貸によって家は没収状態となり、中のモノは一切彼らによって持ち去られ、わたしたちが歩んできた道を記し、この先も音楽でこの世を送っていくものはすべて失くしました。あなたもわたしも絶望の淵に立たされてしまいました。中でも私のひと言であなたの音楽家人生を〝なきもの〟にしたわしの責任はどれだけ悔いても赦されることはないでしょう。不幸とはどうして突然に襲ってくるのでしょうか。両親の元へいきます。

でも、今まであなたと幸せに暮らせたことにこのうえもなく感謝します。

私の早まった行為をお許しください。

里子》

この晩、里子は列車に飛び込み、還らぬ人となった。

真男の顔には二、三ヵ所痣《あざ》ができている。いろいろな痛みが押し寄せている。

手紙を読んだ。

真男の頰からはいく筋もの涙が流れている。義父が判を押してくれと持ってきた一通の借用書、どうしても押さざるを得ないように持っていかれたあのとき、正規ではない所から金を借りることの怖さ、恐ろしさはまだわからなかった。もはや〝高かった授業料〟では済まなくなった。事態は極限まで達している。さしずめ今晩の塒《ねぐら》を探さねばならない。誰か知りあいの家……、楽団の誰か……と思ったが、次の瞬間それが不可能なことが分かった。楽団長以下全員で地方公演に行っていて、小学校や中学への音楽教室や演奏に行っていることを思いだした。こちらから連絡はできない。知っている音楽事務所のあの人、この人、目に浮かぶ人はほとんど何かの都合があった。誰も訪ねていくことはできない。楽団のある建物は、全員出払っているため鍵は厳重に掛けられている。入って夜露をしのぐことさえできない。途方に暮れた。

夕闇の中、ある寺の門にたどり着いた。

人目につきにくい場所で夜空を見上げながら星を仰ぎ、これまでの人生を振り返っている。小さかったころからのいろいろなことを……。孤独な時もあった。だがそのどのときも一過性のものであって、長く続くことはなかった。家族がいた。親せきの人、と言える人がいた。それが今は誰もいない。寝る場所さえない。誰がこのようにしたのだ。生きていくことの虚しさ、儚《はかな》さをこれからの人生で思い切り味わうことになるのだろうか。頭の中には〝慟哭〟という心理状態がぐるぐるとめぐっている。

悲しみの極限にいる。

死後に病院でわかったことだが、里子の体にはすでに新しい生命が宿っていたのであった。

真男にはまたしても、むかし読んだ本の冒頭がよみがえってきた。

「こうしてわたしは地上でたったひとりになってしまった。もう兄弟も、隣人も、友人もいない。自分自身のほかにはともに語る相手もない……」

第四章　忘却の淵

1

楽団はざわめいた。地方公演に行っている間のこと、楽団と密接なつながりのある真男の身に重大事がおこった。真男の義理の両親が仕事上の失敗、借金がもとで銀行と高利貸の両方から返済を求められ、ついには万策が尽きたのだろう、義父母は死んでしまった。新聞にも載ったため、楽団員の何人かは知っている。

借金の連帯保証人になっている真男にも、災難は必然的といおうか、容赦なく、時をおかず襲ってきた。楽団にとっては真男の父は前の楽師長（コンサートマスター）であり、真男は新進気鋭の作曲家として音楽界にのし上がってきている。楽団にとって大事な人物でもある。彼の作品『魔の人』は大きな成功をおさめ、今後の活躍が期待されていた。彼の妻・里子もピアノを懸命に励んでおり、二人してこれからの日本の音楽界を担っていくと思われていた。時機を見て二人による演奏会をすることを胸の内に秘めていた。いわば期待の星であった。

楽団は二重の悲報に接することとなった。里子は夫に「判」を求めた責任を感じて列車に飛び込んで命を落としてしまった。いたたまれない気持ち、大きな責任を感じたのか、それにしても早まった行動である。辛抱も我慢もできなかったのか。一時の出来心が悔やまれる。

楽団員たちはこの事実を知り、本来なら連日の公演日程を無事こなした喜びと達成感とをもって帰ってくるはずが、どこか曇った、いや、沈んだ表情であった。

真男が来たことを示す一片の紙がある。いかにも走り書きで、まるで精神が錯乱しているような字でもある。何回か見てやっと判読できた。

《浜西楽団長様。

今日わたしは家族も住まいもすべて失いました。これからどうなるのでしょう？

中條真男》

「どうなるのでしょう」とまるで他人事のように言っているが、それがかえって事の深刻さ、混乱の極致をあらわしていると楽団長はみてとった。なんとも意味不明のものだ。浜西は楽師長他三名を呼び、この紙片を見せた。皆は考え込んでいる。ある者は、「これはいったい、どういうことなんでしょう」

首をかしげるばかり。次には〝危機意識〟のようなものをもちはじめた。

「なんといっても奥さんがあのような亡くなり方をされ、奥さんのご両親も、となり、住む家も取られたとなると、ことは深刻ですよ。もしかしたら精神状態が乱れ、何をしでかすかわかりません。一刻も早く彼を探し出すことです」

「それはそうだけど、どうやって探すか、見当もつかない」

「警察へ届けて捜索願を出せば、なんとかなるのでは……」

既にこの一件が起こってから数日が経っている。どこでどうしているのか、楽団にとってももちろんはじめてのことで、手だてがつかめない。何もしないのでは何もわからない。第一にしたことはビラを作ってあちこちに張り、情報提供を求めることだった。ある者はガリ版の道具一式をどこかで借り、さっそく、鉄筆を動かしてビラ作りにいそしんだ。その中心にいたのは、松葉杖の豊島与志雄だった。かつて真男は、彼が露上でアコーディオンを弾いて道行く人から〝施し〟を受けているのを見て、豊島には何かが備わっていると直感した。二人して話を聞くと、音楽学校でヴァイオリンを専攻していたというのを聞き、楽団の試験を受けさせるようにもっていったのだった。真男には言葉で言い表せない恩義を感じている。

なんとか「尋ね人」のビラはできた。どこかで真男の目に留まることを期待しつつ、何ヵ所かに分かれてビラ貼りと、人のよく集まるところへは何枚かまとめて置いてもらうことを依頼した。なにはともあれ、まったく初めてのことで、何が一番効果的なのか、まったく雲をつかむようなことであった。楽団長や幹部たちは真男が見つかった時のことを鳩首《きゅうしゅ》協議している。楽団員たちのカンパと借金で住む家の物色にもはいった。いつ現れてもいいように。外へ出て行方不明者として真男のことを呼び掛け、道行く人にビラを渡していた。しかし、受け取ってくれる人はごく一部、あとは何事だと見るのみ。戦後復興がまだ済んでいない時代、自分たちの生きることで精いっぱいなのだ。

豊島はかつて同じ境遇だった友とアコーディオンを演奏し、歌を唄って施しを受けて生活していた状況を思い返した。楽団長に恥を忍んで訴えた。

「浜西先生！」

楽団員は楽団長のことを「先生」と呼んでいる。

「先生はわたしがここへ来るまでにどこでどんな生活をしていたか、ご存知ないでしょう」

「いや、中條真男君から聞いていたよ。もっともそれが全部かどうかはわからないけれどね」

「そうですか。中條さんからね。今、その中條さんは、かつてのわたしのような境遇になろうとしているのです。好きでなるのではなく、いたしかたなく落ち込んでいくのです。いったんそこへ入ってしまいますと、ほとんどの人はそこになれてしまい、積極的に抜け出そうとしないのです」

「そうなってもらったら困るよ。何とか今のうちにこちらへ戻さないと」
二、三人がさらに興味をもってきた。
「それじゃ、どこへ、どういうことをすればいいの？」

「〝宿無し〟の人たちの居そうなところへ行くのです。けれども行けば会えるというものじゃありません。とくに日中はあちこち動きまわります。日が暮れたころ、その場所へ戻るのです。それから名前ですが、ほとんどというか、まず本名は名のりません。たいていは〝あだ名〟で呼び合ってますから」

「そうすると、中條さんいますか？　といっても通じないわけだ。困ったな……。ところで豊島さんはどう呼ばれてたの？」

「わたしですか、もう思いだしたくないですが、〝おい、若いの〟とか、音楽好きで知られていたものですから、〝ベートーヴェン〟だったり、酒がまわると、〝おい、ベト〟のときもありました」

「そうか、どっちにしても本名とは似つかわないな。となると、中條君の場合も名前はどうなっているのかな」

別の団員がなかば抗議するように言った。

「待ってくださいよ。まだそういう所へ行ったとは限らないじゃないですか。どっかできっと……」

「ま、やれることをやるしかないな」

豊島は、真男の捜索活動に自分の経験から参考になると思ったことはその都度、仲間たちに言ってきた。自分は戦争によって片足を失くした〝戦争犠牲者〟であるのに対し、真男はもはや戦後になって数年経ち、戦後復興の足音のなかでの会社経営者である義父の失策によるものであった。人の目のみかたは自ずから異なっている。自分に対しては、〝白衣を着たけなげな青年〟と見られたのか、弱い立場であり懸命に生きていく姿に同情される一面もあった。豊島と真男、二人の事情を同列に扱うことはできない。

真男がまともなところにいないとなると、家の近くではなく、遠くへ行っているに違いない。随時、不定期に居場所を転々としていることも考えられる。

豊島は足が不自由のため、行動範囲は狭かった。それでも仲間たちに助けられ、〝施し〟が得られるとなるとアコーディオンを担いで遠出をしたこともあった。真男はまだ若く、健脚そうであるため、みつけるのは容易ではないと思うようになった。

片足を失った豊島にとって、音楽は生きがいであり〝生命〟そのものであった。〝施し〟の生活から救ってくれた恩人である真男を、なんとかしたいという気持ちは人一倍持っている。


真男には不利な条件ばかりが待ち受けていた。ピアノがないこと、これは作曲家として両手を奪われたのも同じことだった。さらに今までの作曲した作品全部を彼ら高利貸の一味によって略奪されてしまったこと、彼らにはこの紙束に書かれていることが何なのか、どんな価値をもっているのかさえわからないだろうに。真男は、白紙の五線紙すら持って出ることができなかった。持ち出せたのは、大きめの鞄に入る肌着と少しの着替えであった。お金はというと、隠していたのを押し問答やごたごたにまぎれて、彼らに見つからないようにしてポケットにしまいこみ、貯金通帳と判、これも急いで無我夢中で服の間に入れたことを覚えている。それが、できることの精いっぱいだった。

家を追い出された時は必死だった。ポケットのふくらみを触って、このお金は大事にしないといけないと思った。これからはどこからも入らないのだ。必死の想いだった。家へピアノを習いに来る生徒からの月謝も入らない。そればかりか練習日に家へ来て異変に気付くことだろう。玄関の前に立った時、「中條」の表札ははずされ、何か別のものになっていることを。ついこの間までは生徒から「先生」と呼ばれていたのに、今は宿無しの浮浪人になっている。自分がこのようになるまで、このような世界があるとは思ってもみなかった。

昼間は公園に行ったり、町から外れたところで放浪している。橋の下へ行って腰を下ろしていると〝先輩〟らしき人から声を掛けられた。

「おい、若いの。お前さんも宿無しかね」

真男は小さく頷いた。

「何が原因かわからんが、いつからかね」

「ついこの間からです」

「そうか、それじゃここの生活の習わしというか、しきたりとでもいえるのかな、生きていくためのことを少しずつ教えてやろう」

真男はこうなった以上は生きていく方法を知らねばならないと思った。さいわいにも人のよさそうな初老のおじさん、五十代後半、あるいは六十代だろうか。その人の顔には人生の〝年輪〟とでもいうものが刻まれている。どうしてここにいるのかわからない。聞くことははばかれる。

でもこのおじさんに頼ることによって生きていく術がわかるような気持ちを抱いた。

「わたしは家も職も家庭もすべてを失ったのです。ついこの間までは帰るべき我が家があったのに、人生って無常ですね」

ここに住むということの裏には、人には言えないさまざまなことがあったのだろう。

「橋の下とか駅の通路とか、普通では考えられん所にたむろしている、いや、そういう所で生活することを余儀なくされている連中というのは、ある日突然にそういう境遇に追い込まれるんだよ。まったく突然に、そのうえ、いったんこういう所へ来るとなかなか抜け出せない。生きていくことはそれなりにできるんだ。必然性なんかじゃない。不幸な偶然の積み重ねなんだよ。人生、何をしてもうまくいかないことが多い。その連続だったんだ」

真男はどうして、ということより、「それなりにできる」と言われたことが気になっていた。

「それなりにね、と言われましたけれど、食事のこと、衣類のこと、あるいは風呂にはいったりとか、〝それなりに〟できるのでしょうか？」

「それなりにね、しかしそれにはその人の努力と工夫がいるんだよ。なかには駅の片隅に寝泊まりしながら、朝になるとカッターシャツにネクタイを締め、スーツを着てどこかへ出勤する者もいる。聞いてみると、実にうまくやっているんだ……」

「え、宿無しの人がスーツを着て出勤？」

「そうだよ。こういう場にいてもやりようというか、心の持ちようでいろいろ工夫ができるというもんだ」

「これからいろいろ教えてくださいい、わたしの名は……」

言いかけて、その初老男性は真男をさえぎった。

「ここでは誰も名前は言わない。いや、本名は名のらない。それから前は何をしていたかも言わない。酒でもはいった時に、つい、それとなく言うくらいだ。こういう所にいるのは現実逃避、前にあったことを忘れたい一心でもあるんだ」

それから、ここで五年近くを過ごしていると堰を切ったように話してくれた。真男のことを歳の離れた弟のように思ったのかもしれない。こういう所にいても衣食住など〝それなりにできる〟ことを証明しているのだろう。

「おい、メシに行こう。どうやって手に入れるか、知っておけ」

老人の後についていった。飲食店の裏口へ回った。そこには余った食材が積まれている。時間が経って腐敗寸前のものがあるかと思えば、捨てられたばかりのものにはまだ新しいものもある。そういうものを選り分けてもらっていくのだという。まだまだ食糧難の時代だが、ある所にはあるものだと感心した。

「これでけっこういいものにもありつけるんだよ」

二人は二食分ずつをもちかえった。

「おい、若いの。こういう所へ来たらな、それまでの自負心やプライドなんちゅうもんはかなぐり捨てるんじゃ。そんなもんをもってたら生きていけん。こんなことをしたら悪いとか、恥ずかしいとかは、この際考えんことじゃ」

この老人の長い間の生活の知恵として身についたのだろう。だが、老人から言われてすぐに気持ちの切り替えができるものではない。心の大きな〝変化〟が生ずるものでもない。

老人は思いだしたように続けた。

「それからな、人の善意に頼ることもできる。キリスト教会が週に三、四回炊き出しのサービスをしてくれる。だがな、これには〝我慢〟というものがついてくる。何かわかるか。教会の集会室のようなところへ入れられて説教がある。それがすむと賛美歌を歌わされる。一時間か二時間の間、腹を空かされてやっと食事にありつける。これに耐えられるものでないと食にありつけない。わしらは〝もったいないメシ〟と言っている」

この老人はきっと二時間あまりも待たされた食事に忘れられないことがあったのだろう。それに比べれば真男はまだ序の口、これからいろいろと経験していくことだろう。

あるときは大きな建物の軒下で一夜を過ごすこともあった。初老のおじさんの話を聞いたり、食の調達などしていると、ここへ来るまで、想像もできなかった世界のあることを知り、これからの希望も危ういなか、必至に生きている姿に考えるものがあった。

晴れた夜、空を見上げていると星が煌めいている。そのようなときには決まって里子と楽しく語り合ったときを思いだしている。あるピアノ曲について二人は感想などを述べ合い、時間の経つのも忘れていた。里子、何故そんなに死に急いだんだ？　何故、夫である自分に言ってくれなかったんだ。二人でなら何とか再起できたはずだ。たとえ財産をなくそうとも。あのとき、たしかに里子の目は真男を誘導したように思える。それは父へのあまりある愛情のせいではなかったか。父の会社をつぶしてはいけない、と心底思ったのだろう。その思い、その願い……、あまりにも責任感が強すぎたのではないか。里子が生きていたら、今ごろこういう世界へはきていなかっただろう。

夜空を仰ぎ見ながら、悶々としたやるせなさを鎮静させている。

2

楽団員たちは、真男を探すために骨身を削るように努力していた。その裏には元楽師長とその息子・真男の作曲した曲を演奏したというだけではない。里子の同窓生が二人、楽団にいるからでもある。扱う楽器こそ違え、同学年だったことには何かの因縁を感じたのでもあった。同窓生たちは里子の思い出を懐かしみ、涙を浮かべながら話してくれた。

「あの里子が列車に飛び込むなんて、どうみたって理解できない。とことん追い込まれたんだわ。どうして私たちに相談してくれなかったのかしら。こうなって思いだしますのは、在学中のいろいろなこと、ときにはその時取り組んでいた曲について長時間語り合ったことなどを思いだします。今となってはもっと話しておけばよかったと悔やまれて仕方ありません。飛び込む寸前のやりきれない、どのようにせつない気持ちを抱いたのでしょう。無念です」

里子と彼女たちが最後に会ったのは半年ほど前だと言っていた。新聞記事を見せられた時は衝撃だった。あまりにも強烈だったため、言葉も出なかった。涙の後にひと言、

「里子、苦しかったんだ……」

それ以上の言葉はでなかった。


豊島与志雄は、真男と最初に会った場所へ行った。そこにいる人たちはあの頃から全員新しくなっている。白衣を着た人たちに変わり、別の人たちが陣取っている。終戦からの年月の故なのか。松葉杖の豊島を見ても一年ほど前にはここでアコーディオンを弾いて〝施し〟を受けていたとは誰も思わない。豊島にとっても忘却の淵に立っている。

どこからか音楽が聞こえてきた。雑音が少し混じっている。近くのものが説明してくれた。

「あのおじさん、古い蓄音機をもらってね。ついでにレコードも何枚か手に入れたそうで、良い気になって話していたよ。こいつは電気はいらない。この横の棒を回して音を出すんだ。聴いてみるかい、と。ささやかな音楽会だと、浮かれているんだ」

音楽会という言葉に対してだろうか、爆笑が起こった。

豊島は久しぶりのレコードと卓上の蓄音機に興味を示した。

その男は横の棒を自慢げにまわし、レコードを丁寧に円盤の上に載せ、針を慎重に置いた。手を放す。ほんの数秒して音が出てきた。プチッ、プチッとまわりながら音がする。男はこの音のなんたるかを知らない。豊島は教えた。

「このプチッ、プチッというのは、レコードに着いた〝疵《きず》〟なんです。いったんつくともう治らない。だから針をおくときは慎重でないといけないのです。それからときには同じところを何度も繰り返したりしますね、それも疵で、一度着いた疵は元に戻らないのです。残念だけどね」

レコードからは懐かしい曲が流れている。耳をそばだてたが、曲名がなかなか思い返せない。記憶を呼び戻そうとしている。そうだ、わかった。かつて好きだったモーツアルトの曲ではないか……。たしか……、正確な名前が思い出せない。だんだんと記憶が蘇ってきた。ある日、先生がニコニコして教室へ入ってきた、手には何かを持って。おもむろに蓄音機の前に座り、持ってきたレコードをかけた。生徒たちは、あるものは目を閉じて、あるものは腕組みをして熱心に聴き入っていた。

いま、この場所で聴くと、学生時代のあのころのことが次から次へと思いだされてくる。あのときの仲間たちはどうしているだろう。戦争の時代の青春期の思い出だった。

その男はしばらく考えていた。そして豊島に言った。この人ならこの蓄音機とやらを大事にしてくれるだろうと思ったのか、

「よかったら、この蓄音機とレコード、持っていってくれるかね。わしが持っているよりおまえ

さんが、いや、名前はまだ知らんが、思い出をもっている人が持っているのが、このレコードにふさわしいと思うんだ。どうだね」

「そういってくださるのはありがたいですが、ここに置いといて、何かのときに聴いてください。それにここはわたしの〝思い出の地〟でもありますから……」

「え、思い出の地？」

「そう、一年余り前、わたしはここで白衣を着てアコーディオンを弾き、道行く人から〝施し〟を受けていたんです。生活の糧として。そのとき、音楽を聴きたい気分になりました。無性に。心の支えになるものを求めて。縁あって今はある楽団にいてヴァイオリンを弾いて生活できてます。あなたも何かあるとき、この曲を聴いてください。レコードが磨り減るくらいに……」

男はレコードの表裏をじっと食い入るように眺め、やがてニコッと微笑んだ。


楽団員による〝真男探し〟は積極的に行われたが、三ヵ月経ち、半年経ちしていうちに何の情報もえられないことから、しだいに虚無的空気が支配的になってきた。どこか手の届かないところで人知れず過ごしているのか、はたまたどこかで果てたのか、いや、そんなことは考えたくない、所在が分からないだけだ、豊島はそう思いたかった。

真男を追い求める動きは鈍くなり、消えかかっている。当初のエネルギーは半分になり、徐々に弱くなり、やがては談話の際の話題にものぼらないようになった。ただひとり、松葉杖の豊島を除いては。彼は休日には少しの時間を割いてはガリ版刷りのビラを手に、不自由ではあっても、松葉杖という足を頼りにあちこちの浮浪者の居る場所を訪れては聞きまわっている。あるとき、「そういえば見たことあるような……」との情報にぶち当たったときには喜んだ。みつかるかもしれない……、そう思ったのもつかの間、期待はいっぺんにしぼんでしまった。よく聞くと別人だった。

豊島でさえ気がつかないことがあった。長い浮浪人生活で人相は変わっていくことを。多くの人は髭は伸ばし放題、髪の毛も以前とは全く違っている。洗髪から遠のいていると、髪の艶もなくなってくる。そのため歳よりも老けて見える。髪型の変化はとても大きいだろう。この基本的なことを見落としていたのだった。

橋の下、建物の片隅にいても、一筋縄ではいかない人たちの交わりがあった。浮浪人のなかには、半年ほど前までは勤め人として会社に行っていたと思われる男性は、ある日会社を首になり、またある人は借金から逃れるようにして浮浪人生活に首を突っ込んできた。社会との接点をすべて断ち切るように……。出奔以来なけなしのスーツを着ていたためか、そのスーツはところどころ破れ、汚れている。風貌はそこいらのおじさんに見えるが、話してみると社会を突き放したような虚無感をにじませている人がいる。履きつくした靴なのか、指先のあたりが破れ親指がのぞいている。激動の社会を生き抜いていくには、多くの犠牲もある。半年ほどの荒んだ生活、ひと様を見て真男も自分のことをそのように思っているのかもしれない。

豊島は考えた。〝声〟は変えられないだろう。子どものころからの変声期はあっても、すでに大人になっている年代、知っている真男と変わっていないことを念じている。それらしき人物と会い、会話をすることだ。

真男は楽団員や豊島の苦労を知らない。

三ヵ月とか半年で何かの気分によって〝棲み家〟を変えている。ある時、〝同居者〟との喧嘩に巻き込まれ、持っていたカネの半分ほどをむしり取られたことがあった。相手は〝風来坊〟と呼ばれている熱血漢で良くケンカをするそうだ。真男は応戦して血を流した。初めから勝てる相手ではなかった。血を流したのは、高利貸の若いのに歯向かっていって、反対にひどく殴られて以来のことだ。殴り合いをしながらふっと思った。このような生活をしていてもここで命を落とすわけにはいかないと。終わってしばらくすると、服の上からポケットを押さえた。カネの感触を確かめた。カネは分散して持っていたため、被害は半分ほどで済んだのがまだしもだった。相手は喧嘩が終わるとさっさと出て行き、後に残った者は彼のうしろ姿を追いながら、無常観に浸された。残った金を数えるようにして悲嘆にくれた。浮浪人同士の物盗りは絶えずある。充分注意しなければならない。ここでの生活には現金はそう多くはいらないことを今までの経験で知っているのだが、それでも店で茶を買ったり、弁当が捨てられていなかった時には買わざるを得なくなるのも現実だ。それに〝将来設計〟といえばおこがましいが、いつまでも路上生活ではなく、狭いながらも自身のプライバシーが守られる最低限の〝住居〟、夜露をしのげる所へ入りたいとも願っている。何らかの仕事をし、金を貯めて移る、そのためには何かをしたい。このような状態で〝生の終焉〟を迎えることだけは避けたい。では、どうすればいい？　悩んではいるが、良い方策は見つからない。ここでは信頼できる仲間をみつけるのは困難だ。周囲を見れば、人に裏切られ、いじめられ、行政の窓口へ行けば追われ、あげくの果ては人を信用しなくなっているから。

このようなところにいると、一般社会では遭遇できないような人びとと交わることは避けられない。つい最近のこと、何かのきっかけで意気投合したいかにも労務者風の人と酒の勢いを借りて二人肩を組んで歌を唄ったことがあった。その男性はいかつい顔をし、体は筋肉質で真男とは正反対。いつも両手に何かをもっている。人の言うには拾った雑誌や日にちの経った食べ物などのようだ。気分の良い日には酒を飲み、昔の武勇伝を周囲のものに自慢げに話す。珍しく真男は誘われ、焼酎をがぶ飲みしている姿を見た。あまりの姿に不安を抱いた。酒がまわるうちに二人して軍歌を合唱するようになった。何曲歌ったのか、ほどなくしていつの間にか二人は夢の中にいた。

朝起きて様子を見ると、労務者風の男は動かない。ゆり動かしても反応がない。周囲から人が駆けつけてきた。納得のいかない別れだった。きっと気分良く〝あの世〟へ〝棲み家〟を移したのだろう。浮浪者仲間は静かに呟いた。

「この人も無縁仏になるんだ」

元の住居があった場所からはかなり遠い所へ移った。何回目かの引っ越しだ。引っ越し時の荷物は、前に譲ってもらった自転車の前と後ろに乗せられるだけを載せて移動した。他所へ行けば何か仕事があるという保証もなしでの引っ越しであった。誰もこの人物について注意を払わない。帽子を深くかぶり、自分の正体を悟られないようにしてのことだった。路上生活者にとっても、場所が変わると何故か新鮮な気持ちになる。今までとは違ったことを思うようになった。自分はまだ音楽の道を捨てたわけではない。作曲することを捨てたのでもない。すくなくとも心の内ではそう思っている。

街中に捨てられている紙は意外とあるものだ。それらを見て片面が何も印刷されていないのを集め、これも拾ってきた定規と鉛筆などを使って五線紙を作り、細々と作曲をしている。遠い昔の日を思いだした。終戦後、焼け野が原のなかで作曲をしようと紙を求め、探し歩いたころの情景が蘇った。たまに見つけた紙を伸ばし、定規で五線紙を作って作曲した。何もない時代の、しかし、音楽への情熱は瑞々しかった頃の貴重な思い出が蘇った。いま、こうして宿無しとなって再び紙集めから始めている。何か〝原点〟からの再出発のような気がする。このようにしてできたもの、途中のものなどはビニール袋にしまい大事に保管している。仲間たちには五線紙に書かれたものが何であるかわからない。

「お前さん、何を書いているんだね、なんだ？　もしかして宇宙人かい？」

男性の言うそれは、ト音記号やヘ音記号などであった。西洋音楽を知らない者にとってはチンプンカンプンかもしれないが、真男たちにとってはごく普通のものだ。これなくして音楽は語れない。

「これは音楽で使う記号で、この上のが〝ト音記号〟、下のが〝ヘ音記号〟と言って、音の違い、高音部とか低音部とかを示しているのです。皆さんも学校などで音楽の時間に習われたでしょう」

すかさず言葉が返ってきた。

「学校のことなどすっかり忘れてしまったさ。そんなもん、覚えてないよ。覚えてたらこんなところにいないさ。おまえさん、もしかして音楽の先生かね？」

「いえ、そんな、言われるほどのものではありません」

こういう所では本当のことは言いたくなかった。

「気の毒にねぇー、こんなところにいて。ピアノでもどこかで弾きたいだろうに……」

その言葉は、真男の胸にグサッと響いた。ピアノのない生活なんて考えられなかったのに、今は……。

夜、橋の向こう、遠い、遠い所にみえる星を見上げながら、想いに耽っている。あの星はもしかして里子かもしれない、天に昇りつめて星になったのだ。あまりにも長く見つづけているものだから、あたかもこちらへ向かってくるような錯覚に陥ってしまう。悔やまれるのは、里子とならどんなに貧乏になってもやっていけると信じていたのに、義父の金策の失敗、そのとばっちりを受け、身を投げた。それはわたしへの贖罪の気持ちがそうさせたのかもしれない。あるいは私へのとことん追いつめられた愛情の最期の発露であったのかもしれない。いつまで経っても悔やまれるのは、わたしに相談することなく、あのように……。思いだすのも切なくなってしまう。真男にとって里子はかけがえのない存在だった。

思いだされる言葉がある。「音楽とは、目にはみえない〝音〟を演奏することによって、その向こうをみようとする。目にはみえない〝心〟をみようとするんだわ……」

貴重な紙を使って曲を創作している。そのひとつに『里子』という題で曲を創った。その曲は小川のせせらぎのような調べからはじまり、やがて中流域でさまざまなものといきかい、突然の悲劇の様相を呈する。全体としては短調で構成され、静かな中にどことなく心のなかに迫ってくる、気持ちが吸い込まれていく曲。最期を意識してのことだろうか。いつまでも〝里子の星〟を見つづけようとしてのことだろうか。

路上生活者にとって、一日は長い、ひと月も一年も長い。しかし、月日はあっという間に過ぎ去っていく。隠れたような生活は、はじめのうちこそどこか逃げ隠れしているようだった。それが日を追うごとに平常な気持ちになってきた。恐ろしいものだ。真男もこういう生活をかれこれ十年近く、いや、それ以上だろうか、ずいぶん長くしていることになった。もう中年から〝おじさん〟に達しようとしている。外見はどのように変わったか、自分ではわからない。おそらく凪貌はずいぶんと変わっているのだろう。あるとき、公園の便所にある鏡で自身を見てとまどった。これがあの俺かと。いまや楽団の人とどこかでばったり目をあわせても誰ひとりとして思いだす人はいないだろう。精気は失せている。あの豊島でさえもう思いだすのを忘れているのだから。

世の中の出来事は捨てられた新聞や週刊誌などを丹念に読んで大体のことはわかっているつもりだ。ただ、こうしたい、と思っても何もできないもどかしさは常に持っている。社会とはかけ離れたところでの生活はまるで隠遁者のようでもある。普通の生活をしている人たちを毎日見ながらも、彼らと会話をすることはない。相手は逃げていく。交流することもない。ただどこの誰とも知らない人を見るのみである。ある時ふっと考えた。五年に一度、国勢調査なるものが行われている。そのときここにいる者たちは数えられているのだろうか？　調査員など見たこともない。俺たちは「員数外」となっているのだろう、とふと思った。もちろん、それ以前に税金など払っていない。選挙にも行けない。地上の生活者とは一線を画している。そんなことは考えたこともない。いや、考えることを放棄したともいえる。

ある日、どこへ行くともなしに歩いていると、公民館らしき建物の前に来た。玄関には「町の文化祭」という看板が立ち、「どなたさまもご自由にお入りください」と掲出されている。こんな身なりでもいいのだろうか、いぶかりながら入った。しかし、一歩中へ入ると、やはりというか、着飾った人びとがいる。特に子どもには晴れ着とも思えるものを着せている。部屋を見ると、ピアノ教室の発表会だった。母親も子どもと同じくきらびやかな服を着、どこかよそいきの雰囲気である。

真男は部屋へ入ることだけは避けた。なんといってもこのみすぼらしい格好、異臭を放ち、臭い。発表会をぶち壊すのは必至であった。

入り口においてあるプログラムを受け取り、一瞥《いちべつ》した。どれも知っている曲だ。部屋は開け放たれている。少し離れたところに身を隠すように陣取って聴いている。

幼稚園児から始まった発表会はやがて中学生の部に進み、高度な曲の演奏になった。かつて里子などに教えた曲も演奏している。かなり高度な音楽的センスと技術の要求される曲だ。それを見事に弾いている。大きな拍手が鳴りやまない。真男も目立たぬように、心の中で拍手した。里子もあのまま練習を積み重ねておれば、もっともっと天分を発揮できただろう。あのような結末になったことが悔やまれる。目には光るものがあった。前を通る人たちは、真男のことは何も知らない。ただ、汚らしい人がいると鼻をつまみながら離れていくのみ、悲しい現実である。誰も関心を示してくれない。

最後に演奏したのは高校生、ベートーヴェン『月光』だった。万雷の拍手で発表会は締めくくられた。客は満足げな表情で部屋を出ていった。どの顔もニコニコしている。談笑が絶えない。花束をもっている子もいる。

事件はこの直後に起こった。

部屋から客はすっかりいなくなり、担当者が後片付けに入るや、みすぼらしい一人の男性がつかつかとピアノの方へ進んできた。係員はびっくりした。何事が起こるのだろう。手にはなにも持っていない、素手だ。注視した。男性はピアノの前に立ってひと呼吸し、息を整えるや弾きだした。最初の一音からそこにいる人の心をとらえた。ただポカンと聞いている。他の場所からも音に引き寄せられるように部屋を覗きに来た。歩いている人も立ち止まった。帰り支度をしていた演奏者たちも、ただならぬ気配を感じた。なんでもない、あのみすぼらしいおじさんが、あのように素晴らしい演奏をしている。どう見ても似つかわしくない情景だ。人々は、怖いものを見るように見ている。

曲は続いた。『アメージンググレイス』、『亜麻色の髪の乙女』など。真男はもっと弾きたかった。なにしろ、ピアノに触れたのは何十年ぶりか忘れてしまったくらいだから。

終わって礼をし、急いで部屋を出、足早に去っていった。

真男が去って、人びとは口々に叫んだ。

「あの人はいったい誰だ。あんな格好をしているが、元は名だたる名ピアニストじゃなかったのか……」

「あの着古した服からのイヤな臭いは演奏中はここにはなかった。あの曲が跳ね返したのかもしれない。音色の方が勝っていたのだろう」

「でも、どこの誰なんだろう。もったいない……」

多くの人があの才能豊かな、でも、人目を避けるような生活をしているピアニストの境遇に思いを寄せつつ、いつか、日の当たる場面が来るのだろうか、案じた。

3

真男は沈思している。「音楽」とはいったいなんなんだろう。音楽をいくら追究してもその音は目には見えない。音源を辿ろうと思えば見つけることはできるし、その音色に酔うこともできる。しかし、その音の本質に迫ろうと思っても、なかなか接近することができない。

小さいときに祖父から教わった音楽は新鮮なものであった。しかし、楽器から出る音は、〝作られた音〟である。あくまでも〝人工の楽器〟から発せられる音、いま、このように家なしの境遇になって音楽について考えることは、同じ音といっても次元の異なるものだと思うようになってきた。自然の中で人間の手の加わっていない川の音、さまざまな風の音、はては人の行きかう音、車の音など、楽器で奏でられた音楽と、そういうものをもてない境遇に置かれた者の考える音楽とは、いったい何が違うんだろう。音楽とは、楽器をもてる者だけの営為だろうか。ここには、音楽を奏でるための楽器によってつくられた音楽はない。けれども自然に発生するさまざまな〝音源〟はある。これらは一緒に考えられないのか。音楽というものは、作為的に作曲されたものだけなのか……。音楽に対して整理されない頭でいろいろと考え、想いに耽る。何の脈絡もなく、思いつくままに頭の中でつぶやいている。

ときには段ボールの鍵盤でピアノの練習をしたりしている。〝橋の下の仲間〟はそれを見て、さも珍しそうに言ったものだ。

「おまえ、それ、いったいなんだ。その黒や白の模様は？　パズルでも考えているのか」

黒と白の模様に興味津々のようだ。

前にもつくったことはあったが、薄い紙だったのですぐに破れた。今度のはもう少し耐えてくれるだろうと期待している。

「これ、ピアノの鍵盤を真似したもんだよ。指を動かす練習のためにね」

「へえー、おまえさん、もしかしてピアノを弾くおじさん、かい？　こんなとこにいるの、もったいないよ。早く出ていきな」

追い出すような仕草をした。

「そういわれても、行くとこないからここにいるんだよ」

「そうだよな、俺たちも一緒だ。ピアノのおじさん、がんばれよ」

真男はとうとう外見も〝おじさん〟になったのかと思った。

どこかの店でぼろをまとってピアノを弾いたあのときから、またもや数年近く時は経った。もうすっかり社会から忘れられた存在となっている。あの楽団にも、誰ひとりとして記憶に残っている人はいないだろう。楽団員の世代交代もあるだろうし、豊島でさえ真男とは関係なく、意識の外にいるようになってしまった。確実に。

社会から異邦の人、見知らぬ人となっているここに住む人たちは、一見すると、さまざまの不安と苦しみから解放されているようにみえるが、何があっても振り向かれない、〝そこらの人〟となっていることだけは事実だ。簡単には一般世間へ帰っていくことはできない。

星空を見ながら、瞑想にふけっている。

この世で自分は何をしたのだろう。何かをしてきたのだろうか。小さかったころからの出来事を思いだしている。自分はなんのためにこの世に〝生〟を受けたのだろうか、生きていくために……。このままで生を終焉させて悔いはないのだろうか。自問している。生まれてから両親や祖父の影響のもと、音楽と深くかかわる環境の中で育ってきた。普通に音楽を〝学ぶ〟ということ以上に厳しく鍛えられた。まさに〝練磨〟との言葉が似あうのかもしれない。音楽以外のことを知らない、まったくの世間知らずであった。大人になっていろいろ難問にぶつかった。いくつかは自分の不覚によるものであった。棲み家を失くし、仕事を失くし、仲間たちを失い、自分には何もなくなった。〝自分〟というものを拘束しているすべてから〝解放〟された。「生きること」とは何か、何日も考えた。人生とは何か、大いに悩んだ。その結果、人生とはまさに「苦悩」であったり、ときには「苦悶」であったり、そのあいだに入り込むように「音楽」というものがあることに気がついた。「生きていく希望」のなかに分け入ってくる、つかの間の快楽を与えたりもする。音楽で苦悩をあらわし、快楽を与えもする音楽。苦悩に身を寄せる人たちにほんの一瞬でも歓びを感じてもらえればよい。しかし、自分にはどれだけのことができるのだろう。いや、これから残された時間にできるのだろうか。

夜が明けた。

もう一度、なにかをしよう。

公民館らしきところで行われていたピアノ発表会の終了後、誰の許しもえず弾いたことがあった。思い返せば、あれから十年近くたっているのか、はるか遠い昔の思い出になってしまった。街の様子も大いに変わった。あの頃はピアノをおいている店はごく少なかったが、今は少し増えているらしい。

街を歩いていると、有名な楽器店の看板が目に入った。中にはたくさんのピアノが並んでいる。勇気をふりしぼって中へ入った。その楽器店はたまたま「販売強化月間」で客も多い日だった。

急に弾いてみたくなった。もうながく音の出る楽器には触れていない。

あいかわらず汚いぼろ服に、強い匂いが体中から発散される。

真男はそんなこともお構いなしに椅子に座り、弾きはじめた。はじめは数人が聞き耳を立てていたが、三人、四人と増え、十人以上の黒山となった。異様な光景となった。弾いているのはぼろ服をまとった浮浪人。びっくりしたのはいうまでもない。たまたま居合わせたピアニストらしい人が題名を披露した。

「さっきのはモーツアルトとショパンの曲、今弾いているのはベートーヴェンの『月光』ですね」

「おい、おじさんもピアノやるんかい、このぼろ服のおっさんを知ってるのかい」

「いえ、まったく知らない人です」

見物人はなにやらつぶやいている。

「今まではこういう曲は、きちんと着こなした人が演奏し、聴くものと思っていたが、こんなぼろを着た人が弾くなんて想像もしなかったよ。いったい、この人は誰だ？」

何曲弾いたのか、終わると何年か前と同じく、足早に消えてしまった。疾走するかのごとく。

しかし、ある人物がその姿を追いかけている。まるで獲物を追うチーターのように、目を離さない。それにしても足が速い。追手はふうふう息を吐きながら追いつくのがやっと。真男がついた先までその男性は何とかついてきた。いったい、誰が、なんのために。ようやく真男が〝ネグラ〟らしきところで止まった。

その人物は息を凝らしながら尋ねた。言葉を発しながらもフー、フー、息を吐いている。

「あなたのお名前は？　今日はあなたの演奏をはじめから終わりまで全部聴きました。そんじょそこらのピアニストではありません。もう一度、一般の社会へ戻りませんか。住居ならなんとかします」

一気にまくしたてた。なおも息をはずませている。相手の反応をしげしげと見つめ観察している。真男はじっと考えている。この男の顔を見ているかと思いきや、向こうの果ての遠い空を見ているようでもある。

「ここへきてもう何年になるのでしょう。すっかりこの世界に溶け込みました。いまさら戻ろうとは考えません。あの社会ではいろいろとありましたからね」

〝あの社会〟という言葉にはびっくりした。〝世捨て人〟になったのか、先ほどの演奏を聴き、ただ者ではない才能を感じ取ったから。

「今のままで埋もれてしまうのはもったいないです。ぜひ、何かの形で……」

「わたしに〝外へ出よ〟といわれるのですか？　先ほど言われたように、わたしはすでに世捨て人になっているのです。もう私に関わらないでください」

男はそういわれても引き下がらない。この男は大学では音楽学部を卒業し、いまはある音楽事務所の社長をしている。才能のあるなしは少し聴けば判断できる。今まで何人かの才能ある若者を発掘し、育ててきた。真男に対しても何とかしたい一心でぶち当たっている。

「いつか、そう遠くないころ、あなたの演奏会をしたいのですが……」

名刺を差し出した。真男はしげしげと眺めている。このように堅苦しく名刺を見たのは何十年振りだろう、持つ手が震えている。緊張してきた。これは大変なことになると身震いがしてきた。ここから逃げ出すことはできそうもない。しばらく、何も答えられない。何を言っていいのか、言葉が見つからない。社長は退かない。何とかモノにしようと考えている。

「演奏していただくための条件を出してください。考えます」

これにも真男は目を閉じて考え、返事をしようとしない。やっとひと言、

「わたしがこのようになるにはひと様には言えない、それはそれはいろんなことがあったのです。演奏会に出るということは、それら全部を白日のもとにさらけ出すのです。わかってもらえますか、この胸の内を！」

今度は社長にボールが投げられた。

「お気持ちはわかります」

素早く反応した。

「いえ、それは言葉だけのことです。ここいらに永くいる人のことなど、他人さんには何もわからないのです。そうでしょ？」

ふたりの〝会談〟は互いに沈黙のときをはさみながら進められた。緊張の火花が飛びかっている。社長にしてみれば、この得体の分からないピアニストの心を開けたい一心である。真男はできることなら曝《さら》したくない。この対立するような葛藤が話を進める障害になっているようだ。

社長は近くにいる者にお金を渡した。

「あの、すみませんが弁当を二人分、買ってきてもらえませんか。お茶も一緒に。お願いします」

頼まれた者は弁当とお茶とおつりを渡した。

「どうもすみませんでした。あ、おつりは取っておいてください。お世話さんでした」

そこには温かい弁当があった。ふたを取ると、温かい湯気が出そうでもあった。ぬくもりを素早く感じた。"温かいメシ"何年ぶりだろう。二人で弁当を食べていっきょに距離は縮まった。腹が膨れると、それまで閉じ込めていた警戒感のようなものが溶けはじめてきた。食事の効用だ。真男と社長は同じメシを食った。同じメシを……。ささやかな仲間意識が芽生えた。

「あの、条件があるのですが、わたしの名前を一切出さない、ということではいかがでしょうか？」

社長は怪訝に思った。演奏者の名前をださない演奏会なんて聞いたことがない。そんなこと、考えられない。演奏者は名前を出して演奏し、評価され、名前を売っていく。これが演奏会の常識となっている。客にしても、誰が演奏するのかわからないのでは興味を抱けず、来てくれないだろう。真男の真意を測りかねている。

「いやーそれは困りましたねー、それじゃ、お客さんは来てくれませんよ」

「来てくれる人だけでいいのです」

社長は困った。音楽事務所は営利企業でもある。社会奉仕、慈善事業ではない。何かいい方法はないものかと頭のなかをかけ巡らせている。

真男はぱっとひらめくものがあった。

「それでは社長さん、『ミスターＸ　ピアノ演奏会』という名前ではいかがでしょうか。そしてわたしの顔は見せない……」

一瞬の間、真男は笑顔になった。

社長は困惑している。こんなの、はじめてだ。

「演奏者の顔を見せないって、どうするんですか。わたしにはわかりません」

真男は提案した。

「演奏のときには舞台を真っ暗にし、鍵盤の上だけに一条の光をあてる。わたしは全身を黒い服でまとい、頭には虚無僧のかぶる〝深編笠〟をかぶって演奏する、どうでしょう。お客さんはびっくりするでしょうね。〝ミスターＸ〟が暗闇の中で変な帽子のようなものをかぶって演奏する、劇的じゃないですか。話題になりますよ。お客さんは集中して聴いてくれるのではないでしょうか」

社長はあまりにも突飛な提案に、いったいどう考えていいのかわからない。そこまでこだわるには、きっと何か深いわけがあるのだろう。

「ちょっと考えさせてください。頭の中を整理します」

目を閉じてその場面を思い描いているのだろうか、音楽演奏会の今までの常識を覆すようなものであった。どれだけ沈黙の時間が流れただろう。冒険することにした。それだけ、この正体のわからない男性に掛けているということなのだろう。さきほどのピアノの演奏が心に大きく響いたのだ。この得体の知れないピアニストは稀に見る天才だと自信をもった。それだからこそ、社長にしてみれば、ここで決めないと次はどこで会えるかわからないとの不安もあった。一説によるとかれらは〝流浪の民〟とも聞いているので。

「わかりました。やってみましょう。しかし、契約書にはあなたのお名前、本名を名乗っていただけるのでしょうね？」

「仕方ないですね。でも、条件があります。その本名が書かれている契約書などは他の方にわからないようにしてください。もし漏れるようなことがありましたら、その時点で契約は破棄させてもらいます。よろしいですか」

真男は徹底して正体を明かさないつもりだ。

社長は従った。こうなった以上は腹をくくろう。

「わかりました。通常は契約書なるものは担当部署に渡すのですが、わたしの手元できっちり保管しましょう」

こうして「ミスターX　ピアノ演奏会」の準備ははじまった。ポスターやチラシができると、事務所には電話が鳴り響いた。

「『ミスターX』って、誰ですか、ニッポンの人ですか」

事務所の担当者はその都度恐縮して謝った。

「いえ、何もお伝えできなくてすみません。かなり実力のある方だとは伺っておりますが、それ以上のことは……」

謎が謎をうみ、はては宇宙人ではないかとさえ冗談交じりにいう人もあらわれるようになってしまった。チケットの売れ行きは良く、千人ほど入るホールに対し、九割ほどが前売りされ、当日分はわずかになった。

演奏会までの日が迫ってくると真男の気持ちは落ち着かなく、緊張感が押し寄せてくる。何十年ぶりかのホールでの演奏会。ここでお客さんに何を感じてもらえるようにすればいいのか、考えあぐねている。ひさしぶりであり、もしかたら最後の演奏会になるかもしれない、降ってわいたような今回の一件、頭のなかにはいろいろなことが、次からつぎへと去来してきている。自分の、たった一度きりしかない人生を、このわたしはどう生きてきたのか。音楽家人生を通じて、どれほど真実と向き合うことができたろうか？　わたしの演奏によって、人びとの魂を揺さぶるような、ときには肺腑《はいふ》をえぐるような感動を伝えられただろうか。想いは尽きない。

西の空にはさまざまの様相をした雲がたなびいている。明るい色、暗い色、じっと動かない雲、ゆっくり動いているように見えて、天空のかなたでは速く動いているのかもしれない小さな雲、どれも人世の一片をあらわしているように見えてくる。ずっと長くみつめているにつれ、これまでの人世について思い返されてくる。あの雲はあの時のもの、別のあの雲はあの時のもの……。いろんな情景が浮かんでくる。周囲が暗くなるにつれ、昔のことが蘇ってきた。何かにひきつけられるように、何十年も昔の出来事がすぐ目の前に現れてきた。

祖父から教えられ、埋め込まれた幼児体験は強烈だった。音楽への開眼は祖父によってであった。まだ幼児だったのに、指導内容、指導方法、とりわけ話しかけてくる内容にいたっては大人と同じで、幼児にわかるように嚙み砕いてはくれなかった。わからないことばかりだった。祖父の言ったことを思いだすのは、ごく少しだ。そもそも幼児の理解力で理解できる内容ではなかった。大人と同じように扱っていたのだ。思いだすこと、覚えているのは、厳しく怒鳴られたこと、でも、手をつないで出かけて寺や神社を巡り、大文字山へ登って京都の町を見たことは楽しいことのひとつとして頭の片隅に残っている。だが、今はもう手の届かない〝黄泉の国〟へいってしまった。短い間に祖父の持っていた音楽知識、情熱などを小さい孫に教え込もうとしたのではないか。あのときすでに長くない人生の終焉を予感していたように思える。それからというもの、この僕は、祖父の願いに応えられただろうか。

祖父は演奏会で弾くことになった曲を、多くの人の前でこなせるようにと、それこそ精魂込めて指導してくれた。その結果、多くの拍手をもらえた。でも、この大きな拍手が、天国へ送る拍手になったとは皮肉なものだ。

東京へ来てからというもの、人世の荒波にのまれたようでもあった。歳がいくにつれ、当然でもあったのだろう。

はじめて『校歌』というものをつくった。在校生や卒業生に親しんでもらえるものをつくれたか、不安だ。彼らから生の声を聞けていない。だが、なんといっても心残りなのは、音楽担当の植野木綿子との突然の別れだった。それは引き裂かれた、といってもいいような状況で、転勤先を追い求めるなどできることではなかった。いや、追うのは罪つくりのようでもあった。

人間社会のさまざまなこと、純粋な想いだけでは世の中は成り立っていないことを思わずにはいられなかった。

年輪を重ねてからも、音楽のなかで育ってきた、音楽とともに生活してきた。音楽なしでは過ごせないほどの専心ぶりであった。それが音楽以外のことで大きく狂わされたのが、二番目の妻・里子の父親との関係であった。経営している会社の設備更新のためだろうか、借金の連帯保証人になったことが、奈落への一直線であった。それはあまりにも劇的で、瞬時にして妻の両親を亡くし、妻までも失くしてしまったのであった。真男はその先、生きていく気力を失くした。高利貸の容赦ない暴力的な取り立て、奈落の底へ突き落すのに充分であった。それからのことは、この無宿人の社会が知っている。

ここにいる無宿人の人たちは、自分を含めて、一般社会の人たちの、実は近くにいるのだ。でも、心の距離は決して近くではない。交流はない。〝心の壁〟のようなものがある。ここから抜け出して生活していくのは難しい。困難が立ちはだかっている。ここにいるかぎり、社会人としての権利や義務とはかけ離れた毎日を送っている。税金は払っていない、健康保険はない。病気になれば意地で治すか、どうすることもできなければ、無縁死を迎える。

夜、星空を見ながら、己の人生を振り返っている。里子よ、どうしてそんなに死に急いだんだ。お前が生きてさえいればこんなにはならなかったのに。苦しくとも一緒にやっていけた。いや、やっただろう、意地でも。今は夜になっておまえの星を見上げることしかできない。いまからでもいい、この世界へ戻れるなら還ってきておくれ。だが、わたしには時間がない。遠くないうちにおまえのもとに行くことになるだろう。

真男の目には涙がたまっている。己の人世は音楽であった。音楽の世界に生き、音楽の神髄を究めようとしてきた、特に人生の後半生。だがいみじくもそれは音楽以外の諸行によって無に帰してしまった。「その時」になっても、誰も葬送の曲を奏でてくれない。音楽から見放されたのだろうか。音楽の神は真男を見捨ててしまったかのように、じっと沈潜している。

述懐はついに東の空が白むころまで続いた。

いよいよ演奏会当日、この日は朝から寒く、天気予報では夜から雪になるかもしれないと言っている。開場と同時に多くの人が詰めかけた。ミスターXを求めて。客のなかにはかつて真男の一家が東京へ来てからのピアノ教師、北村聖賢がいる。もう高齢だ。松葉杖の豊島与志雄もいる。いまや楽団の中堅となっている。さらに楽団の、当時は楽団長をしていた浜西健太、やはり高齢となって後進に譲り、今は「名誉楽団長」だ。かつて『校歌』をつくりたいとのことである学校の校長から頼まれ、音楽担当教師としてがんばってくれた植野木綿子も来ている。しかし、誰もそれぞれの人たちは真男との関係を知らない。そういう人たちが互いに何の相談もなく、ただミスターXのピアノというだけで集まっている。〝何か〟が彼らたちをこの演奏会に引き寄せたのだろう。それぞれの人と真男とが一本一本の線でかすかにつながっているのみで、横をつなぐ線はない。

誰もがミスターXが中條真男だとは知らずに。あちこちに散らばって今かいまかと待っている。

定刻のベルが鳴り、舞台も客席も真っ暗になった。そこへ一人の男性がピアノに向かって歩いてくる様子がぼんやりとわかる。やがて鍵盤の上にだけ光があてられ、静寂のうちに腕は振り下ろされた。力強く……。

かの昔、中條真男の演奏を聴いたことのある人は、一瞬にして神経を刺激された。鋼鉄のような手で強く弾く、力強い音。何十年たっても忘れることはできない。誰かが叫んだ。

「中條だ！」

「ナカジョウ・マサオだ！」

一瞬、客席からざわめきがおこった。

「ナカジョウ・マサオだ！　中條真男の復活だ！」

会場からは「シーッ」と叫びを制止する仕草が聞こえた。

名前を叫ぶ声はしても、誰も確認することはできない。ほんの瞬間、光が顔のあたりを掠めたときも顔、頭は深編笠で隠し、首から下は真っ黒なガウンのようなものを身に着けている。というよりかぶっているといった方があっている。これでは姿・形は少しもわからない。ミスターXとそのいでたちは神秘性をこのうえなく発揮させ、演出効果は見事に成功した。真男にとっての黒い服は、裁判官が法廷で着用する黒い「法服」を考えていたのかもしれない。「黒」。世の中のすべての事象を包んでいる色、黒。

最後の曲は、ベートーヴェン　ピアノ・ソナタ第八番『悲愴』作品十三　をあてた。

ベートーヴェン自身が名づけたといわれる『悲愴』。真男はこの曲が心に引っ掛かるものがあって最後に持ってきた。「悲壮」ではなく、『悲愴』という曲を。

ベートーヴェンの人生を通じて何度も襲ってきた苦難、苦痛、それらは単なる〝悲しみ〟で表現できるものでなく、〝嘆き〟にも近いものであったと言われている。悲しく痛ましい人生、いま、真男は自己を省察しながらこの曲を弾いていることだろう。〝悲愴〟という言葉をかみしめながら。真男の目には涙がたまっている。しかし、誰ひとりそれを見ることはできない。いま、この瞬間を、全生涯をかけて演奏している。

終わったとき、万雷の拍手は鳴りやまず、涙を流している人もいた。

黒い服と『悲愴』、謎めいた人物……。社長はこの謎をいまだに解明できずにいる。

真男は終わって楽屋へ戻ると素早く変装し、通用口から出ていった。客がひと目見たいとロビーへ急いだが無駄だった。あまりにも素速い展開に音楽事務所もなんとも止めるスキがなかった。社長もあきれた。

ホールを出た真男は、暗い夜道をひたすら歩いた。あてもなく。

天気予報どおり、雪が舞い降りている。

どこを、どこへ向かって歩いているのか、わからない。

久しぶりの大いなる緊張感と空腹はしだいに体力を消耗し、歩く力は徐々に衰えていく。


どこからか呼びかける声がした。

「真男よ、早くこい、早く……」

野太い声、天空から死を誘う声だった。


やがて力尽き、その場に伏した。

その上に雪は音もなく積もっていく。

誰も気づかない。


翌朝になって騒ぎは起こった。

新聞は報じた。

見出しは踊っている。

「浮浪人、雪に埋もる」

（合掌）

あとがき

ハンガリーのブタペストに生まれ、幾多の人世を経てアメリカのカリフォルニアで没した大ピアニスト、エルヴィン・ニレジハージ（注―名前の読み方ついては諸説ある。一九〇三年一月生―一九八七年四月没）の名を日本で知っている人は少ない。ピアニストの何人かに「ハンガリー生まれのピアニスト、ニレジハージという人を知っていますか？」と問いかけても、ほとんどの人は首をかしげる。わずかに、かつて「リスト音楽院」に留学していたことのある人が、「そういえばどこかで耳にしたような……」とまことにおぼつかない返事であった。

ある日、一冊の本を目にした。ケヴィン・バザーナ著、鈴木圭介訳『失われた天才　忘れ去られた孤高の音楽家の生涯』（春秋社）。ニレジハージに関する数少ない（というより、唯一の）伝記本である。読み進めていくうちに、比類稀なピアニストであること、「不運と闘いながら、自由で本能的な人生を送った一人の音楽家の凄まじい生きざま」との一文に心を動かされた。

ウィキペディアにはいろいろと書かれているが、そこには、事実の誇張、あるいは歪曲していることもあるとの指摘もある。インターネットにはときとして正確でない情報も散見される。

『失われた天才』が現時点では彼の伝記を知るうえで信頼のおける書であるようだ。それは著者が十年ほどかけて資料を集めたこと、さらには十時間にも及ぶ未発表録音資料、遺族や友人などから入手した資料などを駆使して伝記の執筆に携わったということからも窺える。しかし、ニレジハージの生涯には不明な時期や事柄が多くあり、とりわけカリフォルニアのスラム街で過ごした時期、人生の円熟期と思われる時期については断片的なものしか知られていないことがある。

彼の生涯はまさに劇的だ。三歳ころにはすでに音楽的才能を開花させ、絶対音感を備え、両親の鼻歌をピアノで再現したとか。四歳になるころでは即興演奏を行い、五歳でハンガリーアカデミーに入学、作品数点を出版し、作曲家のみならず、ピアニストとしてもすでに卓越した能力をもっていたといわれている。これらがあってだろうか、ハンガリーの作曲家・ピアニストといえば超絶技巧で有名なフランツ・リストの名がまっ先に思い浮かべられるが、ニレジハージは幼少期からピアノの才能に秀でていたため、音楽家からは「リストの再来」ともてはやされてもいたようだ。少年期に入ってからのさらなる音楽的才能をもっていたことが、チャイコフスキーのピアノ協奏曲を見事に演奏して好評を博したのをはじめ、オーケストラとの共演などでその実力は証明されている。「彼に弾けない曲はほとんど無くなっていた」とさえ言わしめたほどであった。

十七歳のときにアメリカに渡り成功をおさめたが、それは長くは続かなかった。マネージャーとの金銭的なトラブルをはじめ、異性との問題、とりわけ十回に及ぶ結婚と離婚、そのあげくは貧窮の生活が原因だったのかもしれないが、長い間、二十歳代後半のときに〝美青年〟と揶揄されるほどだった彼はスラム街で極貧の生活をするまでになった。それには音楽業界との関係に嫌気がさしたのだとも憶測されているが真偽のほどは定かではない。気まぐれで、行動においても周囲の人たちに予測がつかないほどでもあったようだ。

歴史に名を残している偉大な音楽家もまた、平凡な人びとからは想像もつかない人たちだったようだ。福島 章著『音楽と音楽家の精神分析』（新曜社）によると、精神医学の立場から「十九世紀の大作曲家の生涯と病気」を調べたものが記されており、そこには「気質・性格」の他に「心の病」との項目を立てて論じている。いくつかをピックアップすると、ヴィヴァルディ「不安神経症」、ベルリオーズ「アヘン中毒?」、ブルックナー「強迫神経症」、チャイコフスキー「躁鬱病、同性愛」等々、有名な人は世間的常識から外れた、というか他人からみれば〝変人〟と思われるような何か、をもっていそうな内面、行動が強調されることもある。こと美術や音楽を深く追求しようとすれば、〝常識〟という枠にはまっていては創造性豊かな作品は生まれないのかもしれない。ここで偏見から生まれたフレーズが思い浮かんだ。〝平凡な人間からは、平凡な芸術しか創造できない〟。

ニレジハージを評して人は言う。「高尚な人間ではないが、無類の面白さをもつ男、つまりは音楽史のなかでもひときわ風変わりな生涯を送った特異極まりない人物」と少なからずの興味をもたれた。

彼の生涯を日本人に置き換えて描くことは容易ではない。信頼できる書『失われた天才』をどう捉えて描くか、そして日本を舞台とする以上は、日本の歴史的背景なども考慮しなければならない。意識の底流には彼の伝記があるが、この物語《ある楽匠の生涯》の中心は主人公であるれっきとした日本人、中條真男であること。したがって読者にはニレジハージというかつて存在していた大ピアニストとは無縁の真男がこの作品には生きている。

『失われた天才』に描かれているエピソードから取りあげた要素はいくつかある。元ピアニストであった近所に住む祖父から猛訓練を受け、その才能を開花させたこと、そのせいか、幼児のころから〝神童〟と評されて育ったこと、生まれながらにして具備していたと思われる絶対音感や抜群の記憶力にも優れ、多くの曲を暗譜していたこと、ひとりっ子であった真男は母親によって成長をも阻害されていくこととなった。〝平均的〟に育った少年ではなかった。子どもたちと遊び、もまれて社会性を具有することもなかった。成人して一定の社会的地歩を得たころ、刑務所での慰安演奏に呼ばれたことがあった。演奏は受刑者からも好評を得たが、演奏終了後に出された食事を客人用の料理ではなく、受刑者と同じものを要求したことがあった。刑務所管理者を困らせた。またニレジハージがスラム街で長年過ごしたのと同様に、真男も路上生活をある事情で余儀なくされたことなどがある。平凡な生活から奈落の底へ落とされていく運命……。そこには理解しにくい人間社会の裏面が潜んでいる。脱しようとしても抜けられないもどかしさ。

この物語を読まれてニレジハージというピアニストを連想することはできない。これはもっぱら日本人音楽家の「生涯」を扱った物語だからである。

真男が生きた時代を鮮明にするためには特に「第二章　時代の波のなかで」において、当時(戦時中)の時代状況と音楽家がどう生きたか、について視点を向けた。ある人の戦時中にとっていた行動、果たした役割と、戦後になって手のひらを返したような行動とを目の当たりにすることは稀ではなかった。その両時期ともにある種の「光」があたっているが故に、人びとにはどう映っただろうか。

作品の中で、主人公をとことん追いつめているような場面がある。とくに最終場面。主人公は残り少ない時間をうっすらと感じていたのかもしれない。

ある作家が言った言葉「読者はみな他人の不幸が好き、誰も人の幸せな姿は求めていない」に妙に引っかかるものがあった。そういえば、他人の幸福そうな物語を読んでも愉しくない、幸福に浸っている姿はつい平板なものに映ってしまうからかもしれない。人間とはおぞましきものだ。

主人公・中條真男が大勢の人の前でピアノを弾く最後の機会を設定した音楽事務所の社長は、この捉えどころのない不思議な人物から何かを探りたかったのかもしれない。とある場所で偶然にも真男の演奏を聴いた社長は、彼のみすぼらしい風体、異臭にもかかわらず、それを超越して真男の発するピアノの音色からは胸裏を啓《ひら》かせた何ものかがあったのだろう。

演奏後にふたりの「対話」が実現しておればきっと、音楽をつうじて人間同士の心の交流ができたのかもしれない。

人の悲しみ、悶え苦しむ姿こそが人の胸底を示すものではないだろうか。そこから人は何かをつかみ取っていく、そう考えたのも一因だった。

二〇一八年五月

木村　伸夫

〈著者紹介〉

木村　伸夫（きむら　のぶお）

大阪に生まれ、京都に育つ。

著書：『ひだまりの樹陰』（MBC21 京都支局すばる出版、2007）
『第九交響曲ニッポン初演物語』（知玄舎、2009）
『ベルリンの蒼き森』（知玄舎、2010）
『七十一年目の「第九交響曲」』（鳥影社、2013）
『悲善の器』（鳥影社、2014）
『あなたは死刑判決を下せますか　小説・裁判員』（花伝社、2015）

E-mail: heiankyo.794-2101@nifty.com
（ご感想・ご意見等がございましたら、ご連絡をいただけましたら幸いです）

ある楽匠の生涯

定価（本体1400円+税）

乱丁・落丁はお取り替えします。

2018年 6月 26日初版第1刷印刷
2018年 7月　2日初版第1刷発行
著　者　木村伸夫
発行者　百瀬精一
発行所　鳥影社（www.choeisha.com）
〒160-0023　東京都新宿区西新宿3-5-12トーカン新宿7F
電話　03（5948）6470, FAX 03（5948）6471
〒392-0012　長野県諏訪市四賀 229-1（本社・編集室）
電話 0266（53）2903，FAX 0266（58）6771
印刷・製本　シナノ印刷

ISBN978-4-86265-685-8　C0093